Rome, l'enfer

Malika Ferdjoukh

Rome, l'enfer

Médium
11, rue de Sèvres, Paris 6e

Loi n° 49.956 du 16 juillet 1949 sur les publications destinées à la jeunesse : mars 1995
Dépôt légal avril 1995 — N° d'impression : 1/1013
Imprimé en France par B.C.I. à Saint-Amand-Montrond

Pour G.G. qui aime tant l'Italie !

« Les hommes ne prennent aucun chemin, ni celui de la vie, ni celui de la mort. Ils sont poussés comme la paille dans l'orage. »

Gustav MEYRINK, *Le Golem*.

UN…

Tout commença ce soir à huit heures moins le quart. À huit heures moins le quart, ce soir, j'ai traversé le miroir.

Juju hurlait, papa lisait, maman disait *Seigneur oh Seigneur Seigneur* à cause de Juju qui ne mangeait rien de ce qu'on voulait qu'il mange – la purée en flocons, du yaourt, du jambon, une compote de brugnons – et qui braillait qu'il avait sept ans, qu'il boufferait pas ces trucs pour quand on n'a pas de dents, des trucs de bébé, qu'il n'était pas un bébé, qu'il avait sept ans et des dents, et maman se tordait la main et le cou pour repêcher le gras du jambon que Juju avait noyé dans le yaourt, et ses ongles vernis griffaient autour du pot, et elle râlait *si avec ça je ne me salis pas ma robe,* et elle tordait son autre main pour attraper son briquet dans son sac doré, et râlait de plus belle *je n'en peux plus Seigneur, et ton frère qui est malade!* et elle cherchait ses cigarettes maintenant qu'elle avait trouvé le briquet, et Juju hurlait qu'il boufferait pas ces saloperies pour bébé, qu'il avait sept ans...

Papa lisait toujours.

Maman lui a dit *Jean, arrête de lire*, qu'il fallait se dépêcher sinon ils allaient rater le début de l'acte I, et puis que son nœud papillon n'allait pas du tout, *Seigneur-mais-alors-pas-du-tout* avec sa chemise, papa a marmonné sans cesser de lire qu'il était sûr que la pièce serait assommante de toute manière, et que de toute manière il n'avait jamais su faire un nœud pap, et que de toute manière celui-ci était le seul qu'il avait trouvé déjà tout fait dans la penderie.

Et Juju a crié plus haut. Et maman a crié

que c'était pas la peine de crier, qu'à sept ans il aurait dû savoir que les malades avaient besoin de repos, que justement il avait un grand frère cloué dans sa chambre avec une angine carabinée *mais on ne l'entend pas, lui !* et Juju a hurlé qu'il était d'accord pour choper l'angine du moment qu'on lui foutait la paix avec cette saloperie de purée en flocons et cette cochonnerie de yaourt, et il a envoyé son assiette par terre. *Seigneur quel langage, et ton frère qui est au lit avec 39, tu devrais avoir honte...*

Dans le couloir :

– Ihlma, dit maman à notre jeune fille au pair cinghalaise. Pourquoi lui avoir fait cette nourriture ? Vous savez que Julien n'aime pas ça.

– L'autre fois il aimait bien. J'ai déjà fait.

– Les enfants ont souvent des... Seigneur, presque moins le quart ! Jean ? Presque moins le quart !

Ça commença comme ça.

J'étais étendu dans ma chambre, la porte entrouverte, seul avec l'angine carabinée.

Ç'aurait pu être n'importe quel jour, si rien commence (et donc finit) un jour… Mais ce fut ce soir, à huit heures moins le quart, je l'ai dit, ce samedi. Je voulais qu'on soit mardi, ou jeudi, ou mercredi, surtout pas samedi, j'ai horreur des fins de semaine.

Papa est allé dans la salle de bains et a fait couler l'eau en grognant *ce gosse quelle plaie, il m'en a mis partout,* et maman a ricané *ahaha* et s'est laqué *psst psst* les cheveux, *te voilà bien obligé de le changer ce neupap, tu avais l'air d'un paysan en sortie,* et papa a demandé (doux, papa parle toujours doux) si c'était une pièce de théâtre qu'ils allaient voir ou son *neupap* qu'ils allaient montrer.

Je hais les week-ends, sept jours sur sept.

Au C.P., je n'ai jamais compté au-delà de 5, plus tard j'ai acrobatiquement ignoré le 6 et le 7 de mes mathématiques ; et au catéchisme, ma Genèse personnelle envoyait le

Bon Dieu se coucher 48 heures à l'avance, et j'endossais toujours lundi mes habits de dimanche ; bref, j'ai méconnu, puis oublié, puis détesté les week-ends. Quand il m'arrive de chercher dans Larousse le sens du binôme *oui-kenne*, ça n'en a pas. Ni sur calendrier, ni sur agenda. Non, aucun sens.

Mon collier, Jean ! s'est exclamée maman, *il est où, ce fichu collier ? Avec les pierres vertes...* et je l'entendais, avec mon père, ils se mettaient à farfouiller dans les tiroirs de la salle de bains et appelaient *Ihlma ! Ihlma ! vous avez vu le collier vert de Madame ?* et Ihlma s'est précipitée *please ?* et maman a dit qu'elle en avait assez, *depuis qu'on a des jeunes filles au pair, on ne retrouve jamais rien,* et Ihlma a dit qu'elle n'avait rien volé jamais jamais et qu'il était peut-être dans la chambre à coucher le collier, et maman a couru dans la chambre, a farfouillé encore et elle a clamé *je l'ai ! !* et Ihlma a commencé à geindre qu'elle n'avait jamais jamais rien volé, rien, et maman a dit *je suis désolée Ihlma, c'est parce qu'on est en retard, occupez-vous de Julien je vous prie*, et quand Ihlma est retournée dans le salon pour Juju qui braillait toujours, maman a chuchoté à papa dans le couloir devant ma porte *comment savait-elle qu'il était dans ma chambre ?* et papa a demandé si son nouveau pap allait bien cette fois, et elle a dit *pas mal mais ne compte pas sur moi pour te le redresser, Seigneur, on est assez en retard comme ça !*

C'est un samedi que mon chien Al a fracassé à 115 à l'heure le pare-chocs d'une moto en, par la même occasion, s'y fracassant aussi, ventre et gueule broyés.

Et un dimanche que, à huit ans, alors que mon père suivait Roland-Garros à la télé et ne m'écoutait pas, j'ai pulvérisé mon pied en colère à travers l'écran. Aux urgences (ralenties, c'était Pentecôte en plus) de l'hôpital, j'attendais auprès de maman qui répétait *oh Seigneur Seigneur* en fixant le sang qui me sortait des orteils, en fixant mes orteils où, depuis ce dimanche, il me reste un petit trognon presque vide entre le troisième et le cinquième, et qui m'empêche de courir vite.

Seigneur mais c'est affreux ce vert! Jean? n'est-ce pas que ce collier est affr...? À l'autre bout du couloir, papa a grommelé *tu dis ça parce que je te l'ai offert, bon Dieu dis à Ihlma de calmer le gosse!* et il est retourné dans la salle de bains.

Je suis né une nuit de samedi à dimanche.

– Ihlma! Faites taire Julien! a crié ma mère.

J'ai vu sa robe passer devant ma porte demi-ouverte, et briller l'éclat du collier vert, j'ai pu sentir son parfum de laque qui montait par l'entrebâillement. Ma mère est belle, et très bien faite, et lisse comme une vitre, et personne ne se doute, hormis mon père, Juju, moi, et les jeunes filles au pair, qu'elle est capable de crier comme une maraîchère à la halle. En société, c'est une grande dame fort chic.

Samedi. Je hais les dimanches et samedis.

Mais depuis quelque temps, j'ai découvert un philtre secret, ma panacée anti-week-haine : j'avale. Des livres. Que je mange, que je dévore et où je m'échappe, vautré au lit, du soir des samedis jusqu'au matin des lundis. Des livres que je rêve sans dormir, où je meurs éveillé. Silence et dors. Mieux que Prince Valium ou Ange Gardénal (papa est médecin pourtant, gynécologue qualifié, des pilules-dodo il en a toute une pharmacie)... *God save the week*... Depuis cinq ans, je ne sais plus ce que samedi-dimanche veut dire. J'oublie. Je lis.

Juju s'est tu pendant une minute. Puis j'ai entendu les coussins du canapé qui sautaient, ce qui voulait dire qu'il était en train de trempoliner dessus, et la jeune fille au pair a crié *Jouliane stop !* et il a goguenardé *quoi ? quoi ?* Et puis il y eut un grand fracas. Et Juju a hurlé que cette idiote d'Ihlma avait fait exprès de le faire tomber, et papa et maman ont quitté la salle de bains voir ce qui se passait, et maman a crié *Seigneur, Ihlma vous l'avez tué!* et papa a dit (très doux) *nom de Dieu du calme!* Alors j'ai quitté le lit et j'ai claqué ma porte pour avoir la paix.

Je lis n'importe quoi.

Ce soir par exemple, malgré mon angine, malgré ma fièvre, je me suis préparé ma pile fin de semaine: *Guide du flâneur à Venise.* Un dictionnaire de la navigation. *Omoo* de Melville. *Steve Canyon*, une B.D. Et un traité de gynécologie piqué à la bibli de mon père, avec des corps de bonnes femmes, en coupe, en biais et en transversale. J'en ai jamais vu autrement d'ailleurs, des seins et des sexes de femmes, sauf dans la vitrine de Rusch le marchand de journaux. Je veux dire: jamais de *vrais.* Pas même les seins d'Alice, quand elle m'a emmené dans sa chambre cet été mais qu'elle a gardé son maillot dessus.

D'autres fois, quand je n'ai rien d'autre ou quand j'ai peur d'ouvrir un roman – ça arrive – je lis l'annuaire, pages blanches, pages jaunes. Ce soir ce sera Venise (et après, le traité de gynéco. Mais quand les parents seront sortis).

Je suis retourné m'affaler sur mon lit et j'ai plongé dans le Grand Canal. *Mais tu vas te taire oui ?* a dit papa à Juju dans le salon, et puis : *il va se taire oui ?* à maman qui continuait *Seigneur oh Seigneur…* Apparemment, le Seigneur se protégeait à la boule Quiès des lamentations du monde et de ma mère.

La chambre de mes parents est tout au bout de l'appartement, loin du salon, loin de l'agitation.

J'en eus assez. Je me suis relevé, le guide de Venise sous le coude, et je suis parti me réfugier là-bas, dans leur chambre, après un détour par les galettes bretonnes de la cuisine.

Personne ne m'a vu, ils étaient tous les quatre à hurler dans le salon. Je me suis niché sous la couette de papa-maman.

Une minute plus tard, quand elle est

venue dans la chambre, elle n'a même pas fait attention que j'étais là. Elle s'est parfumée re-*psst psst* de Poison Christian Dior devant la glace de l'armoire.

– Je peux rester bouquiner ici ? dis-je en montrant Venise.

Elle m'a regardé. Ma mère a des yeux clairs dehors, foncés dedans. Je veux dire que si vous posez la question au coiffeur ou au garagiste, ils vous répondront : « Madame Cauwenberghe ? Elle a les yeux bleus comme le ciel. » Pourtant, moi je les sais très sombres, très noirs. Je suis bien le seul à ne pas me faire avoir par ces yeux-là ! Mais peut-être suis-je le seul qui aie droit à leur vrai regard.

Parfois elle me fixe (je ne la vois pas mais je la sens qui me fixe), comme un point d'interrogation, ou un point de suspension qui serait isolé des deux autres.

Je sais pourquoi, pourquoi ma mère me fixe comme ça. Depuis mes neuf ans, je le sais. Mais elle ne sait pas que je sais.

Elle m'a observé à travers le miroir, dans ses vapeurs de Poison *tiens t'es là ?...* Mes ongles que je ronge l'agacent, et ma façon de marcher à cause de mon trognon d'orteil, et elle me trouve trop gros aussi. Je joue à deviner laquelle de ces trois choses elle me reproche quand elle m'observe ainsi. J'ai toussé. Elle a dit :

– Ne mets pas de miettes dans le lit. Et prends tes antibiotiques.

Et elle est ressortie *Seigneur est-ce qu'on va enfin partir ?* pour retrouver Juju (qui s'était remis à hurler), et mon père et la jeune fille au pair dans le salon ; et j'ai fermé la porte.

On n'entendait plus rien. Juste la voix de maman qui grimpait à des pointes de temps en temps... *gneur !* Ou celle de papa... *ssez... calme...* Mon Venise, lui, demeurait droit comme un pape, muet comme un cygne, au fil de ses pages et de son Grand Canal. Le réveil sur la table indiquait 19 h 39.

J'ai bousculé les deux oreillers côte à côte

sur le lit pour les installer l'un sur l'autre, c'était mieux pour lire. Mais, en fin de compte, pas si mieux. Il en fallait un troisième.

Je suis allé ouvrir la penderie des parents. Les oreillers de secours sont sur l'étagère du haut. Je les ai regardés, puis tout de suite oubliés.

Car dessous, il y avait toutes ses robes et toutes ses jupes.

J'y ai glissé la main, un bras, ma figure ; une des robes, la jaune, remuait sur sa soie, elle remuait et sentait comme elle (son Poison, son menthol de tabac, son fond de teint, sa laque). Sur l'envers de la porte sont accrochés les petits paniers en tissu où elle aligne ses sous-vêtements.

J'ai quatorze ans et je n'ai jamais vu de vrais seins de femmes, ni ceux d'Alice cet été ; encore moins ceux de maman. Rozenaud, du lycée, prétend que sa mère se promène à poil fenêtres ouvertes. La mienne ne fait jamais ça.

C'est une grande dame chic. Même si elle peut crier comme une maraîchère.

J'ai glissé mon autre main, puis mon autre bras, et mon visage s'est serré contre la soie, et la robe contre moi, buste vivant, si souple *Seigneur oh Seigneur,* répétait-elle là-bas dans le salon) ; la bretelle jaune soie s'entortillait à ma joue, et puis le Poison, et le menthol et la laque, à mes narines, à mon cou, ma poitrine, mes genoux.

Faites donc des nouilles Ihlma, il faut bien qu'il mange...

Un froissement m'a heurté le poignet, à côté. J'ai repoussé un veston dru de papa. Le cintre a grincé sur le rail, c'est alors que j'ai aperçu le papier, dans la poche extérieure gauche.

Il était huit heures moins le quart, moins dix secondes.

Le triangle blanc pointait hors du veston de papa, comme une pochette de cravate :

une photo. *Seigneur vous n'avez jamais fait bouillir d'eau Ihlma?*

... et la photo figea, lisse, raide, et de glace, dans ma main. *Couchez-le, il devrait être couché...*

C'est là que j'ai traversé le miroir. Le miroir où jusque-là j'avais vu sans voir ; sans y voir le monde, mais où le monde ce soir – ce samedi soir – m'a soudain regardé dans les yeux, par les yeux d'une photo, et ça m'a glacé de peur.

C'était une photo de femme. Sur le noir et blanc, son visage paraissait sans couleurs, ses yeux vides brûlaient comme la neige. Elle était assise dans un fauteuil, de face, les genoux ouverts, elle regardait l'objectif. Ses bras, ouverts eux aussi, et bien tendus en ligne sur le dossier du fauteuil, de droite à gauche de la photo, portaient six mots au stylo : « POUR JEAN, ANNA QUI T'AIME ».

... on ne partira jamais ! Quelle heure as-tu, Jean ?... Il faut qu'il avale un calmant ! Il va réveiller Henri, rameuter l'immeuble...

Henri c'est moi, et je suis bien éveillé.

Jean, c'est mon père.

Madame Cauwenberghe, c'est ma mère.

Je ne sais pas qui est Anna.

... sirop, une cuillerée. Attention Ihlma, ce n'est pas de la grenadine, ça fait dormir...

J'ai jailli de la penderie, puis de la chambre, comme un fou, direction les toilettes. J'avais la langue emplie de salive et d'amer, et ma mère, là-bas, a lancé :

– Henri ? Ne claque pas les portes, je te prie !

– Henri ? a murmuré mon père en arrivant derrière moi. Ça ne va pas ?

Accroupi, la bouche dans la cuvette froide, je voulais désespérément vomir, vider galettes bretonnes et amer... J'ai craché un truc imbécile qui a flotté comme un morceau d'écume malpropre.

– Ça va, dis-je.

...rature ? Jean, tu m'écoutes ?

J'ai appuyé sur la chasse d'eau.

– Ta mère demande si tu as repris ta température ?

Ma mère demande. *MA MÈRE.*

– Ça va, dis-je.

Je me suis retourné et, de par terre, j'ai contemplé cet homme, mon père, qui cachait dans sa veste une femme aux yeux vides et aux genoux ouverts.

«Samuel, un soir, eut l'idée de sortir...»
BAUDELAIRE, *La Fanfarlo*

J'avais toujours trouvé Alice un peu bête. Bête comme tous ces gens qui s'entassent en brochettes sur une plage, bête comme moi qui m'entassais avec les autres, qui faisaient comme moi, qui faisais comme eux... Sachant qu'on était tous pareils, au fond, des gigots huilés.

Mais cet été, quand Alice est sortie de l'eau, de l'écume dans ses cheveux, les doigts écartés sur ses hanches qui ruisselaient, je l'ai trouvée pas bête du tout, plutôt belle comme tout.

On se connaissait un peu, c'est-à-dire mal. Pour elle je n'étais que le gros voisin de vacances; pour moi, elle était la grognasse qui se laissait embarquer à moto par le grand Loïc du Blue Bar, ce qui prouvait qu'elle était vraiment bête, vraiment grognasse ; mais ce jour-là, à cause de l'écume, de ses cheveux, de ses dix doigts sur ses hanches, je me suis mis à faire la roue sur le sable, pour qu'elle me remarque.

Elle m'a remarqué. Mais sans le montrer. Mais en le montrant.

– J'en fais trente-deux d'affilée ! dis-je. Comme ça. Tu me regardes ?

Et roue, et roue... Elle m'a lorgné derrière son épaule trempée. La mer lui gouttait dessous les coudes, le long des jambes, en perles de soleil, légères, vives, sur son duvet blond ; je les apercevais en l'air, et roue, en bas, qui tombaient à l'envers, à l'endroit, dans un espace sans pesanteur.

– Tu veux que je t'apprenne ?

Elle a ri, d'un éclat, fière :

– Je sais déjà. Je dépasse même quarante, moi !

– Pour toi j'irai jusqu'à cent!... Mille! Jusqu'à la mort!

Elle se frottait les bras et le ventre avec son drap de bain, et puis les mollets, retroussait son duvet sur sa peau qui, séchée, prenait un pâle velouté.

– Tu t'arrêtes quand tu veux, tu sais!

– *Est-ce là, belle Astrée, votre accueil?*

Je me remis debout. La plage et le ciel et les bronzeurs en brochettes tournoyaient derrière nos têtes; j'ai tiré un coin de sa serviette que j'ai tortillé.

– *... vous conterai-je en quels lieux improbables votre cœur conduirait le mien?*

– Oh lui, hé! Qu'est-ce qu'il raconte?

Je lis trop. Avec certaines filles, il vaut mieux faire la roue.

Mais j'ai arrêté la roue parce que le pied avec mon trognon d'orteil commençait à faire mal.

– J'ai envie d'une glace, dis-je. Pas toi?

– Mmmm-non.

Et on a pris une glace et un diabolo, et le lendemain une autre glace, un autre diabolo, et le surlendemain, et les jours suivants.

Au bout d'une semaine, elle m'a emmené chez elle. Ses parents étaient absents.

*
* *

Samedi.

J'aimerais retourner à cet été d'Alice. À hier. À tout à l'heure. À sept heures. Quand j'étais encore du bon côté du miroir.

Juju s'est tu. Il a arrêté ses cris dès que papa et maman sont sortis, papa et maman qui sont enfin au théâtre.

Ma pile fin de semaine est, comme chaque fin de semaine, sur ma table de nuit. Mais je ne lis rien, hormis les murs obscurs de ma chambre ; je pense à papa qui est avec maman au théâtre. À Jean et à Madame Cauwenberghe.

Qui est Anna qui aime Jean, mon papa ?

Si Madame Cauwenberghe savait… Mais

elle ne sait pas. Comme elle ne sait pas que je sais que je ne suis pas son fils, même si je m'appelle aussi Cauwenberghe parce que c'est le nom de mon père, et que mon père c'est son mari.

J'ouvre doucement la porte de Juju. Il est assis sur l'édredon, devant sa console Nakinendo, à braquer le joystick dans tous les sens comme un pilote son manche d'Airbus.

– Tu dors pas ?

Si ! si ! Sans quitter son écran des yeux.

– Je croyais qu'on t'avait donné du sirop à dodo.

Il a grommelé un *hon hon* supposé m'en dire long. Son petit museau avait des frémissements d'écureuil. Sur le lit, Nakinendo mitraillait des *tioûû tioûû* de balles traçantes dans l'atmosphère quiète de cette chambre de môme.

– Dark Valner va envahir la Terre, m'informa Juju.

– La tuile ! dis-je.

Puis :

– C'est qui Dark Valner ?

– Un Tri-dimensionnel. Avec cinquante-sept cerveaux maléfiques.

– Fichtre ! Comment on l'empêche ?

– Super Cazlab débarque avec son fidèle Samud.

– Vive Super Cazlab, et son fidèle euh...

– Samud, compléta mon Juju, sévère.

J'ai réfléchi.

– Cazlab... Samud... Y aurait pas aussi un Trebualf dans ton jeu ? Ou un Oguh ?

Juju m'a lancé un coup d'œil, preste, mais vivement approbateur.

– Ouais, y a Oguh, dit-il. C'est le champignon géant qui doit empoisonner Dark Valner. Comment tu sais ? T'as déjà joué ?

– Non. Mais ils se sont pas cassés pour trouver les noms. Tiens, je te montre l'astuce... Elle est où ton ardoise magique ?

Il y a cinq ans (j'en avais neuf), un samedi – que je hais que je hais que je hais –, mon père et ma mère chuchotaient dans leur chambre, ils s'engueulaient tout bas dans la figure, *Seigneur je suis trop bonne! Rien ne m'obligeait à accepter ton môme, rien!* Et papa lui répondait, la voix douce mais colère, *tu ne vas pas remettre ça.* Et elle: *J'en ai honte, il s'empiffre, il est obèse! Qui peut croire qu'il me ressemble? Qui peut croire qu'il est de moi?* Et papa: *Ce pauvre gamin n'est pas...* et il a bougé quelque chose qui m'a empêché d'entendre, il y a eu un craquement de plastique, et maman a haussé le ton, *laisse mon peigne tranquille!* et papa a dit *et toi, laisse Henri en dehors de ça*, et maman s'est mise à sangloter, et j'ai entendu des murmures, et maman qui gémissait *je fais mon possible, vraiment tout mon possible, pourquoi faut-il qu'il soit là!...*

Plus tard, j'ai entendu d'autres murmures et des *d'accord, d'accord,* et des *comme tu voudras* et des *oh Seigneur* et des bruits comme s'ils s'embrassaient. Et je me suis éclipsé dans ma chambre.

Si je dis «maman», c'est par habitude; une habitude d'avant mes neuf ans, avant de savoir. C'était un samedi, comme ce soir.

Sur l'ardoise de Juju, j'ai écrit: REPUS CAZLAB, SAMUD, OGUH, en majuscules à l'envers. J'ai placé l'ardoise devant le miroir au-dessus de la commode. On pouvait y lire, en reflet: SUPER BALZAC, DUMAS, HUGO, à l'endroit.

Juju a regardé, déchiffré, grogné *et alors?* en haussant les sourcils.

J'ai effacé, j'ai posé l'ardoise sur la commode, *alors rien banane!* en toussant. Affirmez à un gamin de sept ans que Balzac, Dumas et Hugo c'est au moins aussi connu que Cazlab, Samud ou Oguh. Victor Hugo en champignon géant... La littérature ne peut rien contre des Tri-dimensionnels à cinquante-sept maléfiques cerveaux, même en verlan.

Juju a lâché le joystick et Super Cazlab s'évanouit *(tioûûûû)* dans sa galaxie, ayant réglé son compte à Sombre Nerval, clone micro de Dark Valner.

Tu me racontes l'histoire de Sigismond? Après, je dors... Juju roula comme un chiot sous l'édredon en répétant *promis je dors! Mais lis-moi Sigismond.* Et j'ai ouvert son album préféré et j'ai commencé:

« Un jour, Sigismond le petit pachyderme décide d'aller voir le monde. Il monte dans sa petite auto rouge et... »

Dans la cuisine, les cliquetis de casseroles d'Ihlma ne font pas plus de bruit que si elle jouait à la dînette. Pourtant le cerveau maléfique de Madame Cauwenberghe lui a laissé une vaisselle archi-dimensionnelle, je le sais.

Un jour, Sigismond le petit pachyderme espionne à la porte de ses parents... Rien ne m'obligeait à accepter ton môme! TON môme...

« Sigismond le petit pach... »

– C'est quoi pachyderme? demande Juju.

– La même chose que néléfant.

Je gonfle mes joues :

– Et la même chose que Henri.

– J'aime bien que tu sois gros.

Et Juju de poser sa tête sur son coussin favori : mon estomac.

« … Voilà comment Sigismond retrouva sa maison, et fut tout heureux d'embrasser ses parents. FIN. »

J'ai bordé Juju comme un chausson aux pommes avant cuisson, et j'ai quitté la chambre en retenant une toux.

*
* *

La photo est dans mes mains, Anna qui me contemple, Anna QUI M'AIME (clame le stylo sur ses bras nus, et qui fait comme un tatouage), sauf que mon prénom n'est pas Jean, madame, mais Henri.

Henri fils de ? Et de ? Non je ne ressemble pas à mon père, quoi qu'en dise Madame

Cauwenberghe ; je suis gros mais papa ne l'est pas, il est simplement musclé, fort, un homme.

À vrai dire, je ressemble à cette femme aux yeux nus et aux genoux ouverts. On se ressemble, cette Anna et moi, genre le même genre.

Bien qu'elle ne soit pas grosse, pas vraiment. Elle a des seins, larges, qui ont dû contenir, un jour, le lait qui a nourri un enfant, et des hanches vastes qui ont porté cet enfant, et ses cheveux sont drus, bruns, épais comme doivent l'être ceux de son enfant.

Son enfant...

Je me suis relevé d'un bond, j'ai bu la carafe entière, l'eau était tiède – mais cette fièvre qui ne baissait pas ! – et un cachet d'Oracilline comme l'avait prescrit le docteur, *avant le coucher.* Mais je ne me suis pas couché. J'ai ôté mon pyjama et j'ai commencé à m'habiller, jean, polo, puis j'ai arrêté de m'habiller et j'ai écouté à la porte.

Silence. Selon les ordres de Madame, Ihlma était en faction dans la chambre du petit, à dormir sur la moquette (ou à plancher sur son partiel ou à regarder la télé personnelle de maître Juju...).

Silence, quand j'ai poussé la porte de la chambre de Jean et de Madame Cauwenberghe, *mes* parents. Silence encore en ouvrant la penderie, que j'ai tiré les vestons de papa et que je les ai jetés par terre, un à un. La robe de soie jaune bâillait des bretelles sur son cintre, m'a craché son Poison à la tête.

Silence... Quand je tire l'agenda de papa et que je l'ouvre à A.

Et je ne trouve rien.

Anna n'existe pas. Anna n'existe pour personne.

Silence, oui silence, même si mes doigts s'agitent et s'emmêlent, même si je tremble soudain (silence!), debout dans la penderie, dans les robes de maman et les vestons de papa, parce que je viens d'ouvrir à la lettre

X, la page éternellement vide des agendas – mais cette page-là n'est pas vide, pas dans cet agenda-là, pas ce X-là –, et que je découvre :

ANNA L. 108 bis, RUE DE FLORENCE.

Anna L. 108 bis, rue de Florence, Anna L. 108 bis, rue de Florence, Anna 108 bis, rue de Flo...

Anna sans nom. Annanonyme.

Silence, quand je rigole comme un sanglot, et quand je marche sur les vestons par terre. Je sors.

Là-bas, Juju ne crie plus, il dort, il rêve qu'il a quatorze ans, ne mange ni purée en flocons ni yaourt ni jambon. Juju, mon faux frère.

C'est quel métro rue de Florence ?

ROME ! me répond le plan du *Quo vadis* cuir vachette à papa. Anna, rue de Florence, unique objet de ton ressentiment. Mon ongle rongé parcourt les fils du métro, comme dans un jeu d'observation: «Notre pêcheur a attrapé une chaussure, un poisson, une branche, mais ses lignes se sont mélangées. Laquelle doit-il tirer pour obtenir le poisson?»

Comment aller à Rome depuis le boulevard Henri-IV, domicile de moi-même, Henri Cauwenberghe, faux fils de ma mère, fils illégitime de mon vrai père...?

*
* *

Alice, cet été, avait fermé la porte derrière moi.

C'était une maison de vacances: son jardin, son calme, sa terrasse, sa plage à proximité...

Sa pénombre. Une moitié de lumière, ou moitié d'obscurité, qui m'empoigne à la gorge dès la porte refermée.

Alice fila, pieds nus sur le dallage, débusquer trois cônes vanille dans le congélateur du cellier, en garda un et me tendit les deux autres: *ça te suffira, deux?* espiègle.

– Je ne mange qu'une chose à la fois, dis-je sans les prendre.

Elle sourit, épluchant l'emballage métallisé.

– Idiot. Tu vas pas te vexer?

Sa langue râpant la vanille, y trouant un petit cratère, ses dents croquant la praline. J'ai secoué la tête. Elle insista *t'es sûr, t'en veux vraiment pas?*

Vraiment pas. Mon estomac s'emplissait d'une chose bizarre, *Henri, t'es pas vexé quand même!* affreusement lourde, *allez prends-en une, elles sont super bonnes.*

– Ils sont où tes parents?

Elle fit un mouvement des lèvres, vers l'avant, dont elle profita pour gober, en glissade, la vanille.

– Ils reviennent que ce soir. Tu veux visiter?

C'était (donc) une maison de vacances: ses peignoirs de bain pendus, ses tubes de crème solaire, ses ventilateurs, ses diffuseurs insecticides...

– Ma chambre.

Ses canines brisèrent la pointe finale du cône en gaufrette, et me souriaient, et se rapprochèrent brusquement.

T'es drôle comme mec, et ses bras entourèrent mes bras, et sur sa lèvre du haut il restait une miette de gaufrette, et elle pencha le front en arrière, *les autres m'auraient déjà embrassée dix fois...*

– Dix fois ? dis-je faiblement.

T'as pas envie ? Je mords pas tu sais, enfin, je pourrais... mais c'est pas forcément désagréable, et je me suis penché mais sans la toucher, et elle sentait drôle, l'oursin frais, le pain mouillé, la lotion pour la toilette, et quand elle m'a glissé ses doigts dans le cou, j'ai détourné le menton en me demandant pourquoi mais pourquoi j'avais fait la roue l'autre fois, et je l'ai repoussée un peu mais elle s'accrochait, *t'as pas de barbe, t'es doux,* et elle a gloussé, et la miette est tombée au bord de son maillot, et j'avais mon estomac qui pesait, qui pesait de plus en plus dur, *t'es vraiment un drôle de mec*, et elle a fermé les yeux, et sur ses paupières tremblotaient de sombres petites veines.

J'ai soufflé *t'es vachement mignonne* parce que c'était ça qu'elle attendait, mais je ne le pensais pas ; je la trouvais moche à ce moment, commune, attendue, tellement tellement...

Bon alors qu'est-ce que t'attends ? Et elle a pris ma main qu'elle a plongé dans son maillot, et dessous c'était tiède comme des balles en caoutchouc mousse qu'on aurait trop longtemps laissées sous la pluie puis trop longtemps au soleil, *mais qu'est-ce que t'attends ?* et je ne bougeais plus, je n'arrivais pas, et j'ai murmuré *attends attends*, debout, immobile, et ma main s'est échappée n'importe où, n'importe où, plus loin, et c'était plus bas, et c'était pire, parce que c'était son ventre dans son maillot, et son ventre c'était comme toucher une pelure de kiwi.

Je l'ai repoussée. Fort.

– Eh ben ! dit-elle, un peu ahurie.

– Pardon excuse-moi.

– T'as jamais touché une fille ?

– ... si.

J'ai ajouté *si, quand même... pour qui tu me prends ?* d'une voix basse, une voix de mensonge qui lui a tiré un petit sourire.

– C'est pas moi quand même ? C'est pas à cause de moi ?

Elle demanda cela poliment, en remontant sa bretelle de maillot.

– Non, dis-je. C'est pas toi.

Je ne l'ai pas suivie dans le cellier.

Quand elle revint, elle léchait un des cornets que j'avais refusés tout à l'heure et qu'elle tenait du bout du majeur et de l'index parce que ça fondait, *j'ai beau manger,* dit-elle, *je grossis pas,* et elle souriait, son œil souriait, et elle mordait la crème, *hein sans rire, je suis pas grosse ? Hein ?* et je lui aurais écrasé sa vanille dans la figure pour m'avoir demandé ça. J'ai dit *non non t'es pas...*

Et j'ai fait demi-tour, et j'ai quitté la chambre en boitant exprès, comme si mon orteil faisait mal, mais je n'avais pas mal, j'avais envie de l'embarrasser, rien que de l'embarrasser.

*
* *

Direction Étoile. L'araignée se nomme Anna.

Je m'habille, je crois, je ne me souviens pas, je suis en nage, et j'ouvre délicatement la porte, et je sors de l'appartement. Et je referme, et je suis sur le palier, et j'entre dans l'ascenseur, et j'en sors, et j'arrive dehors.

Comme une barre de fer, l'hiver m'a coupé la poitrine. J'aurais dû mettre mon blouson, merde, pas qu'un polo de coton, mais j'ai oublié... et je tousse, et je tousse, tant pis merde je ne remonte pas! et je tousse, et je cours, et je tousse.

Je tousse dans la bouche du métro.

DEUX…

«L'instant d'après elle s'engouffrait dans le tunnel à la suite de l'animal, sans songer une seule fois à comment diable elle ressortirait de là.»

Lewis CARROLL
Les aventures d'Alice au Pays des Merveilles

– Hé! T'as l'heure?

Le type jaillit du Photomaton au moment où j'arrivais au bas des marches. Il portait un bonnet rayé orange et mauve, une veste avec l'alphabet imprimé en Technicolor, qui lui flottait autour comme l'anneau autour de Saturne. Il était d'une maigreur sidérante, tordu du cou, sa figure noire scintillait comme s'il venait de se maquiller, ou de se démaquiller, ou de se cirer.

– Donne-moi l'heure.

En le prenant sur ce ton, avec cet accoutrement, et en surgissant du Photomaton comme un brigand d'un chemin creux, il accumulait les chances de rater sa séance de cinéma... s'il allait au cinéma. Entre nous, il avait plutôt un genre à se le faire tout seul.

– Pour la *donner*, il faudrait que je la possède, dis-je, suave. Et, à ma connaissance, le Temps n'appartient à personne.

Les poings dans les poches de son alphabet fluo, il s'appuya sur un talon, se tordit le cou plus fort, me lorgnant. Je regrettai presque d'avoir oublié mon imparfait du subjonctif.

– Tu te fous de moi, le gros? Et ça, c'est quoi?

– Ça? Une montre. Un pâle reflet du Temps.

J'ai marché vers le tourniquet.

– Dix heures! dis-je.

– Merci.

Il lança son *merci* comme il avait lancé son *tu te fous de moi?* Rogue et brusque, mais sans réelle colère. C'était simplement sa manière.

Et j'eus très honte de moi. Qui étais-je pour siffler mon grand air du II? M'offusquer d'un «pardon» absent? Y a qu'au bon Dieu qu'on demande pardon, et, grâce à Dieu, je n'étais pas Lui! La preuve: moi, on pouvait me voir... Même si ma sainte famille était un sacré sac de nœuds, et ma trinité domestique un fichu Mystère.

On m'avait trop appris ces trucs-là, usages, courtoisie, et compagnie. À ce mec, pas.

Et quoi?

– T'as pas un franc ou deux?

J'ai souri:

– T'aurais dû commencer par là!

J'ai farfouillé mon polo, mon pantalon, encore mon polo, *merde merde,* avec des grimaces. Alphabet eut un soupir las. Ce coup-là, le coup du mec qui fait semblant de chercher sa monnaie, on le lui avait fait moult fois.

Je ne faisais pas semblant, pourtant. De fait, je n'avais ni deux francs, ni un, encore moins de quoi payer mon ticket. *Et un clope, t'as?* hasarda-t-il, mais visiblement par réflexe. J'ai fait *non, j'fume pas.*

Papa me donne mon argent de poche chaque début de mois. Et des rallonges au milieu, souvent, sans même que je demande. On peut appeler ça avoir du bol, naître coiffé, ou de bonne famille, ou fils à papa. Ah!

Et quoi?

Pourtant dans mes poches, ce soir, il n'y avait rien. Ni centime, ni bouton... Merde de polo! j'avais tout laissé dans mon blouson, et mon blouson était chez moi.

J'étais ballant, face au guichet, à me demander si je n'allais pas retourner à la maison. Reprendre l'ascenseur, rouvrir la porte, rencontrer la baby-sitter, croiser Juju au retour d'un pipi probable, donner des explications...

Alphabet ricana sous son bonnet, sans plus me regarder, se balançant d'un talon à l'autre. Il modula un *ptt ptt* philosophe avec le coin de sa bouche.

– Le Temps est à personne, grogna-t-il, mais le métro, à tout le monde.

Je ne l'avais pas volé.

Je n'ai, d'ailleurs, jamais volé. Ni fraudé. Surtout pas dans le métro... J'en étais proprement incapable ! Vérifier le décor, ramper sous le tourniquet, se redresser, hop guilleret, sous les regards conjugués de la guichetière qui feuillette *Maison française*, du quidam moyen dont je suis pourtant le benjamin des soucis, et de ma conscience proprette, ce sont des verbes par trop irréguliers, introuvables dans mes grammaires modèles. Que je n'ai donc jamais pratiqués... Puisque jamais eu besoin.

Ne me restait plus qu'à faire demi-tour.

J'avais voulu visiter Rome et Florence mais on m'arrêtait à la douane ! La ville est un quadrillage de frontières, de zones interdites qui ne s'ouvrent que sur laissez-passer, sauf-conduits, contrôles d'identité.

J'ai rebroussé chemin, maudissant *in petto* la dame guichet, le quidam moyen, et le mirador portable qui me sert de conscience.

– Ptt…

Là-bas, au portillon de sortie, Alphabet me faisait signe avec un sourcil, toujours à valser d'un talon l'autre sur le tapis caoutchouc qui maintenait l'ouverture automatique. Les gens lui passaient devant à rebrousse-poil, mais il était si maigre qu'il avait l'air d'un portillon de secours et ne gênait pas plus qu'un fantôme.

Je l'ai rejoint sans réfléchir.

On s'est retrouvés, lui et moi, de l'autre côté de la douane, de l'autre côté de la frontière, *terra incognita*, dans la cohue qui martelait sous la voûte.

Son bonnet orange et mauve fila devant, *hé !* l'interpellai-je, mais il disparut, *merci !* dis-je encore, et j'ai remonté seul le flot d'humanité.

Petit principe pour distinguer un Parisien d'un non-Parisien dans la foule : le non-Parisien reçoit les coups, le Parisien les donne.

Le Parisien a une belle pratique de la navigation urbaine. Là où le non-Parisien hésite, tergiverse et... se noie, le Parisien, lui, louvoie. Et vite ! En une demi-seconde, il a sondé le flot, choisi le cap et enfourché le vent. Il creuse le ventre, position boxeur, évite le cabas qui arrive de front, écrase le gamin derrière pour doubler le monsieur devant. Le Parisien prévoit, devine les courants contraires, pare, attaque, esquive, donne l'indispensable coup de pouce... ou de coude au voisin.

J'ai donc traversé, Parisien aguerri, le sens interdit qui menait au quai, et je m'assis à côté de deux Pakistanais ; l'un vendait des cacahuètes sur un carton d'emballage, l'autre des G.I. en latex et des toupies qui s'allumaient en tournant sur *Be-bop-a-lula.*

Au bord du quai, Alphabet bringuebalait de la jambe, dodelinait du menton, tapant ses paumes contre les cuisses sur une musique imaginaire. Il me tournait le dos.

Qu'est-ce que j'allais lui dire, à Anna ? Et elle, qu'est-ce qu'elle me dirait ? Qu'est-ce qu'ils diraient, monsieur et madame mes parents, quand ils reviendraient à la maison et que moi je n'y serais pas ?

Be-bop-a-lula ronronnait la toupie.

Si. J'y serai. Avant eux, avant la fin de leur théâtre. *Presto, allegro, fisso,* et ils ne sauraient jamais que j'avais vu Anna-qui-t'aime.

Sur le quai d'en face, un clodo était retranché derrière la ligne de sièges. On le voyait à peine, sauf ses pieds qui dormaient avec une seule chaussure. Qu'est-ce qu'il fichait, le métro ?

Be-bop-a-lula... Là-bas, Alphabet ôta son

bonnet orange et mauve ; il se massa le crâne et l'oreille et le front, puis replaça le bonnet. Les cheveux d'Anna L. ne sont pas crépus comme ça. Mais au moins aussi noirs, pareils que les miens. J'ai caressé mes cheveux. Ils étaient humides et chauds contre mon front bouillant.

Il arrivait quand, ce métro ? Je me suis levé, ça s'est mis à tourner, et le quai à onduler, be-bop-a-lula, l'angine, mes frissons, ma fièvre, comme du bitume sous la chaleur. Je me rassis prudemment.

La rame déboula du tunnel, avec des éclairs jaunes sur la figure d'Alphabet. Je le regardai. Lui non. Il montait dans un wagon où je ne montais pas.

Que ce wagon fût moins éclairé que les autres, cela ne me sauta pas aux yeux, ni cette espèce d'agitation dedans. Peut-être que si j'avais été dans mon état normal... Bref, je suis monté, et sitôt les portes fermées, c'est parti de tous les côtés.

Des cris, des sifflets, des *zêêêêro zêêêêro* qu'aboyait une meute de bidasses. Le cheveu ras, à peine plus vieux que moi, ils étaient une huitaine à beugler à tue-tête sous l'œil mi-sourire mi-angoisse des voyageurs. Leur barda envahissait les banquettes, le sol, et les strapontins. *À poâââl!* brailla l'un d'eux, ses talons sur le siège d'en face. Tout en désignant une vieille dame qui se cramponnait à la barre centrale, tel un véliplanchiste à sa planche.

À poâââl!!! répéta le chœur des copains, et ils se mirent à glousser, et à s'égosiller, et je me demandais si faire son service militaire c'était obligatoirement faire le con, et s'ils allaient descendre à Châtelet ou à Gare-de-l'Est, et pourquoi on roulait si lentement; et un monsieur assez jeune, mais avec des cheveux blancs comme dans *Mission impossible*, s'est levé pour offrir sa place à la vieille dame véliplanchiste qui lui a dit *merci mille fois monsieur;* et les autres, ça les a mis tellement en joie qu'ils ont miaulé *merciiiii meussieu!!* à gorge déployée.

Vous êtes impossibles! a rugi Mission Impossible, et tout le monde se désopila, sauf Mission Impossible, et sauf la vieille véliplanchiste qui a pépié *espèce de malotrus!* comme dans une mauvaise pièce à la Giraudoux, et là, les bidasses, ils ont déraillé de bonheur. Il y eut une explosion de néon et il fit quasiment nuit dans le wagon, *vous êtes vraiment des malades!* s'exclama une jeune fille dont la pâleur annonçait que, malade, elle allait l'être dans pas longtemps.

Quand la rame arriva à la station suivante, tout le monde se précipita dans l'intention héroïque d'évacuer. Les hurlards imitèrent et descendirent aussi. Et personne ne sut plus s'il fallait aller ailleurs ou garder ce wagon-là, et la sonnette de fermeture a couiné, et tout le monde est remonté dedans, populace et bidasses, mais le métro n'a pas démarré. Quelqu'un se mit à tousser – moi, je crois –

et ensuite quelqu'un d'autre, puis plein d'autres, et un type a sorti son mouchoir en hoquetant *ils ont lancé du gaz lacrymogène!* et tous se mirent à tirer les poignées, et à tambouriner aux portes, et à vouloir les forcer, et elles se sont rouvertes, et on a tous roulé-boulé dehors comme un tas de petits pois, toussant et crachant et éternuant sur le quai, et mes yeux se mirent à pleurer, et l'angine à me déchirer la poitrine comme une paire de mâchoires, et j'ai entendu qu'on tirait l'alarme.

Le gaz emplissait la station entière. Je me retenais de respirer, un poing écrasé sur mes larmes, et le quai devenait rouge chaos, puis noir fin du monde; des pieds, des têtes, des sacs, des manteaux, tout ça volait dans tous les sens comme des bouts de Lego. La vieille dame véliplanchiste avançait, cadence tortue, agrippée au pardessus de Mission Impossible, lequel gardait un flegme chevalier malgré de violents éternuements.

Mais soudain, il se mit à suffoquer, à rouler des yeux de poisson hors de l'eau... et il planta là la vieille toute seule, et s'engloutit dans la cavalcade, et elle se mit à gémir *s'il vous plaît je vous en prie...*

Ma manche sous les narines, j'ai rondement empoigné la vieille dame pour la piloter vers le couloir. *Moins vite!* renâcla-t-elle. Elle ne toussait pas – comment faisait-elle! – et ne paraissait pas plus incommodée que s'il s'était agi de fumigènes à une opérette de Francis Lopez. Elle voulait surtout surtout qu'on ne la bouscule pas!

Alphabet marcha subitement dans mon champ de vision, assez loin, en inverse du sauve-qui-peut. Sa veste lui flottant en bouée, il nageait, fendait tout cet affolement comme un saumon le torrent, il ne toussait pas, lui non plus; y a des gens comme ça.

J'arrivais avec la dame au bas de l'escalier de sortie, quelqu'un a crié *ils ont prévenu la police*, et j'ai commencé à recevoir des coups de partout, et j'avais mal, trop mal de ne pas respirer, j'ai ouvert la bouche pour avaler, ça m'a étranglé, ça m'a bouché les oreilles, et j'ai toussé, et éternué, j'ai même bavé par terre, les corps m'écrasaient de leur panique, et je suis tombé dans les pommes. Non, il n'y a pas de pommes sur un quai de métro, il y a des poubelles. Voilà. Je suis tombé sous une poubelle.

Lorsque je me suis réveillé, on ne me bousculait plus.

Il montait un grand souffle, un vent de poussière et de tiédeur souterraine, mais sans lacrymogène. Je l'ai respiré, respiré, de plusieurs respirations. Je me sentais mieux. On entendait un grillon. J'ai ouvert les yeux.

J'étais étendu dans le noir, sur des marches. Ces petites marches du bout du quai... Celles qui vont dans le tunnel. Alphabet était debout sur la première, tapotant la pancarte jaune « interdit au public danger ». *Ça va comme tu veux ?*

Ses pieds passèrent près de ma joue, et il se mit à avancer dans le tunnel, tranquillement. Je me suis redressé sur un coude :

– C'est toi qui m'as amené là ?

Qui d'autre ? Le quai au-dessus de nous était maintenant désert. Ma tête heurta la pancarte qui balançait encore. Le long du boyau obscur, les petites lumières rondes faisaient une guirlande en perspective devant moi. Alphabet ne se retourna pas.

– T'aurais pas pu m'emmener ailleurs ? lançai-je encore. À une sortie par exemple ?

– À la sortie, y a les flics.

Sa voix résonnait, étrange, une voix de voûte, comme dans un cirque de montagnes ou une crique en Corse, ou comme dans un seau vide.

Je l'entendis, *ptt ptt*. Son ombre effaça une lampe quand il passa devant, qui se ralluma quand il fut passé. Je ne le vis plus.

– Merci quand même ! dis-je.

Un métro allait probablement arriver. Il

fallait déguerpir, retrouver le chemin de Rome au plus vite. J'ai tâté ma poche-revolver, Anna y a chuinté en noir et blanc, elle était là, papier photo mais tout de même là, attendant de devenir réelle rue de Florence ; m'attendant.

J'étais près de sortir de ce fichu tunnel lorsqu'un brouhaha jaillit brusquement du quai illuminé. Un premier policier déboula, la main sur sa hanche. *Y a plus personne !* cria-t-il à son collègue qui le suivait d'une demi-seconde.

Je m'étais vite rencogné dans ma noirceur. Je les voyais, sur leur quai en contre-plongée, comme sur une scène de théâtre, ils s'agitaient sans savoir qu'ils avaient des spectateurs. À trente pas derrière moi, il y eut un *ptt ptt* du côté d'Alphabet... Un *ptt ptt* discret à l'adresse des flics, en forme de Tu-n'm'attrap'ras-pas !

Il n'avait pas tort. Si je surgissais du tunnel maintenant, la maréchaussée pouvait avoir de drôles de réactions. Elle me ferait retourner de l'autre côté du miroir, celui que j'avais quitté à huit heures moins le quart, le côté pépère où j'avais toujours habité. Et qui n'était pas celui d'Anna.

Par reptations prudentes, je redescendis l'escalier interdit et, cette fois, pénétrai de plain-pied dans le tunnel.

Je dus marcher plusieurs mètres avant de comprendre que mon Alphabet disparu avait bifurqué dans un boyau transversal. Ça sentait le champignon, le hamburger pas jeune, le cendrier pas vidé.

Soudain...

Le vent enfla, un papier livide se mit à siffler puis à bondir frénétiquement au plafond, il y eut des cliquetis sur les rails, puis un lourd mugissement... Un métro arrivait!

Des souris cavalaient, j'en vis une se tapir sous les câbles électriques.

Les câbles... Il y en avait partout! Des gros, des minces, des longs, des pythons, des couleuvres, en acier, en plastique... J'étais prisonnier d'une fosse à serpents prêts à cracher dix mille volts de venin ! Et cet autre, là-bas, ce reptile gigantesque, le plus terrifiant de tous, avec ses yeux blancs et ses écailles d'acier, qui me fonçait droit dessus ! J'ai sauté le rail.

Dans une tornade d'éclairs, de sifflements, de fer, le monstre fracassa les ténèbres. Son souffle me jeta sur le mur comme une page de journal. C'était la fureur d'Attila, l'explosion de quinze volcans, un tremblement qui me souleva les entrailles jusqu'à la gorge. Ce fut court, brutal, foudroyant de hargne et de violence... Et grandiose.

Le dernier wagon disparut en étincelles d'acier, puis le vent retomba... le papier livide haleta comme un moribond, une souris repointa le museau...

Je restais plaqué à mon mur, l'oreille aveugle, l'œil sourd, trop ahuri pour choisir d'avancer ou de retourner.

– Reste pas là, ça mord ! me dit Alphabet, tout près.

Il me prit le bras et me guida vers un petit rebord, une espèce de trottoir qui courait au bas du mur.

– Ça va ?

Marcher sur ce truc me rappelait ma peur d'avant un saut à l'élastique. Ou quand Alice avait voulu m'embrasser cet été. Ou celle du soldat sur un champ de mines aux infos de la télé. En réalité, je n'ai pas la moindre idée d'un champ de mines. Mes guerres sont les guerres d'un garçon moderne : lâcher de ballons sur le pont d'Avignon, combats de lycée, logistique scolaire, ultimatums de ménage.

La gueule du second boyau apparut, plus sombre que le sombre où nous étions déjà.

Alphabet était revenu exprès me chercher. Je repensai à ce que je lui avais dit tout à l'heure, ma rétorque fier-à-bras à propos du Temps qui n'appartient à personne.

Il dit :

– Qu'est-ce tu fous à me suivre ?

Alors j'eus une envie de rigoler infernale. J'étais là, au fin fond de l'écorce terrestre, sur un trottoir maigre comme une carte de vœux, la mort électrique à vingt centimètres des semelles, et ce type attifé de son abécédaire tout fluo me demandait pourquoi je le suivais, comme une jeune fille dans un parc à un admirateur impudent. Je répondis :

– Un : j'ai pas envie de voir les flics. Deux : j'ai pas envie qu'ils me voient. Trois : j'ai jamais visité les dessous du métro.

Et j'ai pouffé, je n'ai pas pu me retenir. Je me sentais décidément mieux.

– Et toi, où tu vas comme ça ? ajoutai-je, histoire d'éviter qu'il se vexe.

De l'autre côté, un métro passa en perpendiculaire... À nouveau la tempête, les rats qui détalaient... La Ville ignore la haine horlogère de ses intestins métropolitains. Mais cette fois c'était loin d'où on se trouvait, mon guide et moi. Ce second tunnel, les rames n'y circulaient plus depuis longtemps, les rails étaient rongés, les traverses déboulonnées.

Alphabet me montra les fils sur le ballast, *fais gaffe si tu veux pas bouffer du jus.* On marchait dans la nuit, en file indienne, *t'as l'air de bien connaître,* dis-je. On marchait dans la nuit, sous Paris ; lui, à sa façon à lui, ses pas glissés de côté, l'air de balancer d'un talon l'autre, et plus que jamais d'un saumon dans le torrent.

– Ouais, assez.

Je n'ai plus demandé où il allait. Il ne demanda plus pourquoi je le suivais.

« … et elle continua: "Voudriez-vous, s'il vous plaît, me dire quel chemin je dois prendre pour m'en aller d'ici?

– Ça dépend en grande partie du lieu où vous voulez vous rendre", répondit le Chat. »

Lewis CARROLL
Les Aventures d'Alice aux pays des merveilles

Il y avait des pitons dans le mur, qui grimpaient jusque tout en haut, à une grille encastrée dans la voûte.

Par ici la sortie, m'indiqua Alphabet et il escalada, *t'y arrives?* Et j'ai répondu *ouais.* Mais le premier piton était loin, alors j'ai bondi, les bras en l'air, une fois, deux, et trois, sans réussir à même l'effleurer, et j'ai eu peur de manquer mon coup, de tomber sur les câbles haute tension. J'ai levé la tête *y a un problème,* et, là-haut, il s'est retourné sur son perchoir, il est redescendu d'un cran ou deux, *c'est parce que t'es trop gros?* d'un ton d'évidence, et j'ai répondu aussitôt *c'est pas ça, non je suis pas gros,* avec l'impression d'un dialogue Astérix-Obélix, et j'ai expliqué *j'ai un orteil en moins au milieu.* Et il a fait *ptt ptt,* sceptique, *tu te fous de moi le gros!* en me tendant la main, et, bien calé sur le piton, il me souleva comme un panier de linge, et c'était fortiche vu que je suis tout de même un gros linge et qu'il était d'une maigreur de libellule, et j'ai dit *merci,* et il a répliqué sobrement *ben mec, tu pèses un peu plus qu'une mouche* et on a grimpé tous les deux en direction de la grille dans le plafond.

C'était une grille de trottoir où le froid polaire s'engouffrait à la verticale. Alphabet y donna quelques secousses du plat de la paume, la fit bouger, la souleva, la coulissa. Il sortit. Une fois encore il me tendit la main.

Dehors, quelqu'un nous observait, un géant, le bras posé sur le volant d'un camion, l'autre pointant une mitraillette. Il ne bougeait pas. Il ne pouvait pas bouger puisque c'était Arnold Schwarzenegger, qu'il était en papier affiche, et tellement occupé à annoncer qu'il revenait pour sauver la Terre qu'il ne s'étonna pas que deux rats lui surgissent sous le nez, du trottoir.

On ne voyait personne alentour; d'ailleurs personne n'aurait pu nous voir: on était derrière une palissade à travaux.

Alphabet remit la grille en place, sans bruit. Puis il retira son bonnet, le frappa recto verso contre sa cuisse pour chasser la poussière, secoua ensuite sa veste comme s'il voulait voir les A, les B, les C, et tout l'alphabet, s'en décrocher et rouler sur l'asphalte.

– L'a l'air super ce film, dit-il en désignant Schwarzenegger. J'ai vu les deux premiers.

J'ai gardé le silence. Les goûts de Madame Cauwenberghe nous portent plutôt vers les films d'auteurs. D'hauteur de vue. Ou doteurs d'esprit. Ou d'ôteurs de plaisir. Dans le style camion, elle nous avait traînés, un jour, à un film qui s'intitulait justement ainsi : *Le Camion*. On pouvait dormir, se réveiller, et dormir, et se réveiller, comme ça chaque quart d'heure, l'image restait la même. Il se déroulait seulement de la pellicule.

J'ai fixé Schwarzenegger qui revenait pour sauver la Terre dans ses boîtes à soda recyclées camion. Mystères de la Réincarnation... Est-ce que sa mitraillette, avant d'être mitraillette, avait été Coca au Rwanda ou bidon de lait en Somalie ?

On se trouvait square Henri-Galli, je connais bien. Il donne dans... le boulevard Henri-IV. Je pouvais presque voir la fenêtre de Juju. La même image. Comme dans un film d'auteur. Il ne s'était rien passé. Ou comme Schwarzenegger : j'étais de retour. Case départ.

– Bon, dit Alphabet. Salut.

Il s'éloigna, re-fichant son bonnet sur les oreilles. Je le suivis.

– Où est-ce que tu vas ? dis-je.

– Des potes à voir. Et toi ?

Question machinale. Mon emploi du temps, il s'en battait l'omoplate. Il avançait, allongeant un pas quand moi j'en tricotais trois, j'avais du mal, *fff fff*, à tenir la distance.

– Je dois voir une nana, dis-je.

J'ai pouffé comme un bêta parce que, prononcé ainsi, liaison *ad hoc*, on entendait « voir une Anna », et que c'était la vérité exacte.

– C'est loin, sa *cheucré* ?

– Pardon ?

Ptt ptt avec le coin de sa bouche, puis traduction : *elle habite loin ?* J'ai répondu oui, que j'allais devoir reprendre le métro, mais pas ici, *fff fff*, à cause du lacrymogène ; en revanche, Bastille me convenait parfaitement, et je conclus :

– Puis-je t'accompagner ?

Il a ricané *comment qu'i' cause lui ?* C'était davantage une rosserie qu'une question, et j'ai ricané aussi pour cacher mon air nigaud, et il a plongé les mains dans ses poches, *O.K., on y go?* et ça, c'était facile à traduire, j'avais le niveau, et j'ai répété *on y go!* Et tout de go, on est allés. *Fff fff.*

Je sais, c'était samedi. J'aurais dû me méfier.

*
* *

Ils étaient huit ou neuf, du genre masculin et féminin, et neutre, sur les marches de l'Opéra-Bastille, assis ou debout, à battre le froid qui montait d'Austerlitz.

Sauf un, le blond dans sa caisse métallique sur pneus, un fauteuil roulant sans accoudoirs où s'empilaient des sacs plastique bourrés noués, du sparadrap retenait la tige du frein, complètement déglingué, une ruine; moins déglingué pourtant et moins ruine que ce blond dedans, au milieu de ses sacs plastique. *Eh Waldo!* dit-il, *on se demandait quand est-ce que t'arrivais!*

Qui c'est? demanda un autre, en slack et gilet, pointant le menton vers moi. *Eh Waldo? Qui c'est, lui?*

Waldo, mon Alphabet, a rétorqué *j'en sais rien*, a pivoté vers moi, *c'est vrai au fait, qui tu es?* Et j'ai bafouillé *je... euh... j'm'appelle Henri*, et Waldo a fait *ptt ptt, c'est Henri*. Et certains ont souri, les autres s'en foutaient. L'une des filles a installé sur son bras gauche le paquet qu'elle tenait sur son bras droit, et je vis que c'était un bébé qui dormait. Et Waldo a demandé: *et Ange est là?* et le type en slack a répondu qu'il l'avait vu il y a deux minutes, ajoutant *putain, ça caille* en claquant des semelles, et la fille au bébé a dit *il doit faire moins zéro* en agitant le bébé contre sa poitrine, je suppose qu'elle le berçait.

Et je les ai écoutés parler, sans parvenir à tout comprendre de ce qu'ils racontaient, comme une langue étrangère, pourtant c'était du français, mais pas celui que je pratique chez moi, et je les regardais et je m'étonnais.

Le blond en fauteuil roula vers moi, *t'as pas dix balles ?*

Laisse béton ! jeta Waldo par-dessus son épaule. *C'est un môme.*

Et le fauteuil a pivoté, et je l'entendis demander *z'auriez pas une 'tite pièce ?* à une dame en capuche qui oublia de lui répondre, puis *z'auriez pas dix balles* à deux femmes qui rigolaient trop pour faire attention à lui. Et *z'auriez cinq francs ?* à un monsieur qui lui marmonna *désolé, pas de monnaie...*

Des Comme-Lui, Paris en sort de ses porches à tous les coins de chaussées, aux Halles, à République, à Beaubourg, Odéon... Partout. Le Parisien joue les aveugles. Mais la gymnastique devient difficile.

Le passant a appris à éviter ces Pas-Comme-Lui, les disjonctés, les hors-circuit, les sans-sommeil, sans-maison, sans-famille, sans-amour, sans-un-rond. Il repère à cent pas celui qui va le taxer d'une pièce ou d'une cigarette. Alors le passant stratège. Aux abris, vite ! Mettre quelque chose, n'importe quoi, quelqu'un, entre lui et *eux*... un vélo, un platane, un touriste, une auto, une cabine téléphonique, un écolier flâneur... Et preste ! le geste qui sauve : plonger dans *Libé*, admirer des jambons en vitrine, traverser en plein feu vert, prendre l'air pressé, ou loin de tout, ou rébarbatif, ou « si vous pouviez m'épargner cela, mon vieux »...

Ce soir j'étais là, avec *eux*. Sans bien m'expliquer comment, j'y étais, ce samedi, place de la Bastille.

Je me disais, mal à l'aise, qu'il était temps de rejoindre le métro, d'aller... D'aller où ? Rome était au bout de la Terre.

Et aussi mon boulevard Henri-IV, et mon lit de lycéen bien tranquille, et ma pile fin de semaine sur la table de nuit... Parce que chez les Comme-Moi, on a des tables de nuit. Les autres, le blond dans sa poubelle à pneus, le type en slack, la fille au paquet-bébé, ils avaient quoi ? Waldo, par exemple. Si on lui ôtait son bonnet mauve orange et sa veste alphabet...

Moi non plus je n'ai pas de veste, rien qu'un rikiki de polo. Oui, mais Lacoste authentique, un présent de mes parents absents, et qui me fait froid au dos. Il fait moins zéro en mon cœur de crocodile.

À Rome, le soleil brille peut-être. Je devrais y être.

Qu'est-ce que je fous là ?

Ange est là ! cria quelqu'un, et j'ai cherché l'Ange par curiosité, mais je ne pouvais pas le voir car Waldo lui avait déjà sauté dessus : *où c'est que t'étais tout c'temps ?* dit-il.

L'Ange le repoussa sans répondre (mais je ne le vis toujours pas, la veste de Waldo faisait la chauve-souris, déployée par le vent de décembre). J'ai regardé en l'air le Génie étincelant sur sa colonne de Juillet, qui ressemblait tellement à un ange avec ses ailes en or ! J'ai baissé les yeux. Je voulais un métro.

J'ai ouvert la bouche pour dire «ciao tout le monde». Aucun mot n'est sorti de ma bouche.

J'avais aperçu l'Ange. Un ange sans ailes qui, dans la nuit de la Bastille, fit soudain de l'ombre à l'or.

Pas de sexe, les anges? Je vous affirme bien que celui-là était *une* ange. Et j'avais tout faux depuis le départ! Parce que ce n'était pas Ange, son prénom, ni Ange-est-là, je n'avais rien compris. C'était Angéla.

Angéla était donc là, assise sur les marches de l'Opéra, petite forme déliée, habillée comme sont habillées les filles en ce moment, en noir, des baskets à col roulé; et un regard qui me chamboula.

Son regard, cette lueur singulière qui me rappela soudain notre voisine du troisième étage, une vieille folle qui passait ses matinées à scruter, immobile dans le hall de l'immeuble, le fond de sa boîte aux lettres vide après le passage du facteur.

Angéla n'avait pas l'air d'une folle, ce

n'est pas ce que je veux dire, mais cette *chose* dans ses yeux, cette expression de perdue, de disparue, d'*éteinte*, oui c'était la même. Et cela, violemment, me troubla.

Elle portait aussi un ahurissant foulard à dix couleurs, attaché en ananas de comédie musicale autour de ses cheveux courts presque en brosse ; et une veste qu'elle avait nouée par les manches sur ses hanches (alors qu'il faisait un froid de banquise) ; et un insolite perroquet à l'oreille.

Mais ce fut son regard, ce bouleversant regard d'Angéla qui me fit rester.

Waldo s'était installé sur les marches à côté, penché sur elle avec son bras autour, et ça me fit bizarre, comme un pincement, ou plutôt une rayure, c'est ça, comme une rayure au ventre, de le voir si près d'elle qui paraissait si loin de nous, de le voir lui happer le bout de l'oreille dans ses fines lèvres noires, avec ce même air qu'Alice, cet été, quand elle gobait sa crème vanille.

– Je bosse ce soir, disait-elle, dodelinant du foulard, et c'est samedi en plus ! C'est les pires qui viennent le samedi. Je te jure qu'il m'en faut.

– Tu crois que je m'en trimballe sur moi ?

– Mais tu savais que je venais !

– J'ai pas de fric ce soir.

Elle se tourna vers moi, sans me voir, juste parce que j'étais le plus direct dans son champ de vision, *t'as pas une barrette ? j'en ai besoin pour bosser*, et j'ai dit *non*, hypnotisé par la noirceur de ses yeux, en me demandant pourquoi il lui fallait une barrette en plus de ce foulard qu'elle portait déjà, et comment la barrette pourrait tenir ses cheveux si courts, si menus, et elle s'allongea carrément en travers des marches, l'air de ramper, vers la fille au bébé : *Zaza, t'en as pas ?* Et Zaza a fait *non, j'ai arrêté tu sais bien, à cause du lait pour le petit*, et j'ai compris qu'il ne s'agissait pas de barrettes à coiffure mais de drogue, et j'ai ressenti un autre pincement, une autre rayure.

Angéla se mit à pleurer *j'vais pas pouvoir bosser, si j'en prends pas j'vais pas pouvoir!* et Waldo l'enveloppa aux épaules, il l'écrasait contre sa figure, lui mordillant toujours l'oreille comme si c'était une pastille au sucre.

Je me rappelle, quand j'étais petit, Madame Cauwenberghe retirait les mocassins de mon père, chaque soir, quand il arrivait du cabinet médical (elle ne le fait plus). Elle les reniflait, brièvement, machinalement, avant de les ranger. Elle s'assurait que papa était de son territoire. Comme Waldo avec cette fille.

Angéla le repoussa: *mais arrête! arrête!* et elle recula, *et enlève donc ce bonnet de débile!* et Waldo a dit *O.K. O.K.*, et il a retiré son bonnet, l'a glissé dans sa veste, et il a dit *d'accord, j'vais goupiller un truc...*

Elle l'a contemplé sans un mot. Il dit: *mais après tu arrêteras de nous bassiner hein?* Elle a soupiré *mmmh*, puis elle a souri de tout son petit visage.

Si les chiens sourient, cela ressemble probablement à ça.

Waldo s'est relevé, s'est balancé, long, maigre, sur les talons, comme un mât dans une tempête d'hiver, et il a appelé le type en slack d'une mimique. Ils se sont mis à chuchoter.

La circulation circulait fort, et le vent soufflait, mais j'interceptai quelques mots: *dépouille, fric, Richard-Lenoir.*

Angéla conservait son sourire de chien, et ce sourire était pour ses pieds posés au bord des marches.

Au croisement de la Roquette est sis un magasin de meubles dont l'auvent abrite, la nuit venue, un amas de cartons et de chiffons. Ces cartons cachent des êtres vivants, les chiffons sont leurs habits.

Ces êtres dorment emboîtés l'un contre l'autre, comme des couverts dans un tiroir de buffet. Il y a deux chiens qui somnolent dans l'hébétude acquise de leurs maîtres. Car s'y trouve ce qui doit être des hommes, moins identifiables comme appartenant à la race humaine que leurs chiens à la race canine.

Waldo souleva un carton, se pencha sur ce qui semblait un visage, et donna un léger coup de pied dans le tas. Le tas remua. Un œil bâilla *huh ?*

Waldo se tourna vers nous, *qu'est-ce qu'il*

pue ! et il appuya le talon sur une main qui dépassait. *Tu lui fais mal,* murmurai-je. Waldo ricana : *cuit comme il est ? Tu rigoles !* Puis, au gisant : *Rosso hé Rosso ! Tu m'entends ? J'ai un truc à t'dire,* et son talon renforça la pression sur la main.

J'ai à nouveau murmuré quelque chose, mais Waldo hocha son cou tors, *je te dis qu'il sent rien !* Slack, à côté, s'esclaffa :

– Si ! Il sent la pisse.

Et il a montré une dégoulinade sèche sur le trottoir, et qui allait jusqu'au caniveau ; et l'homme marmonna... *tez-moi la paix, je dors !*

Waldo a répété : *tu m'écoutes, Rosso ? On a besoin de tes patins à roulettes, ceux que t'avais l'aut' fois, tu les as toujours ?*

Une manche raide de crasse sortit du monticule sans que rien d'autre ne bouge, et des doigts gris ont montré le recoin où s'empilaient cartons, bouteilles et chiffons. *Là-n'dans ?* blêmit Slack qui nous jeta un coup d'œil: *merde, il veut qu'on fouille dans c'tas d'ordures?*

La manche demeurait immobile, toujours raide en l'air.

Avec précaution, comme s'il s'agissait d'une ogive nucléaire, Slack et Waldo poussèrent des sacs en plastique. Un des chiens se mit à gronder. *Ta gueule,* ronchonna la manche en l'air.

Enfin, Waldo trouva les patins, *ils sont là!* et pour le coup, deux yeux s'ouvrirent dans le tas de chiffons, une voix grommela *combien tu me les paies?... sont presq' neufs.* Slack répondit *on s'en sert qu'un quart d'heure, après on te les rend.* Mais l'homme se redressa sur son trottoir: *tu paies ou je gueule!* Et Waldo lui fit une grimace, *on a un plan, on te paiera après.*

Le clodo avait une tête à la Harrison Ford après vingt mille guerres des étoiles. Plus de dents, plein de poils, la bouche comme si on y avait enfoncé des cailloux qu'il ne recrachait pas. *Mon cul! Une location ça se paie!*

– J'ai dit « après », Rosso ! gronda Waldo durement.

Il y eut un silence. Puis : *O.K. O.K. O.K.*, ânonna l'autre, *mais va t'faire fout' Waldo !* Et il se rallongea dans son tas.

Vu de Richard-Lenoir, l'Opéra tout blanc, illuminé, fendait le macadam tel un vaisseau vaniteux. Sa ligne de flottaison brassait les naufragés urbains, ceux qui ne franchiraient jamais sa passerelle faute de billet de passage.

C'est obligé qu'il reste avec nous, ç'ui-là ? interrogea Slack en me montrant du doigt.

Nous étions en train de traverser la place.

C'est un môme, répondit Waldo comme s'il disait « c'est un réverbère ».

Et il me fit un clin d'œil. Et Slack haussa les épaules.

On se dirigeait vers un bistro de la Roquette, le genre d'endroit dont raffolent Madame Cauwenberghe et mon père parce qu'*on y sent le Paris de Prévert, de Gabin, de Lubitsch*.

Quand on y entra, ça sentait surtout la fumée illicite et le vin rance. La clientèle s'y divisait en deux catégories: les messieurs-dames au chic débraillé. Et les autres: les soûls, les sur-le-point-de-l'être, les loubs et les imitations loubs. Mais ce joli monde avait beau prétendre se mélanger, la géographie des lieux n'en était pas moins partagée. Il y avait le bar, et la salle. Le côté cour et le côté jardin, l'apartheid du «p'tit blanc» par consentement mutuel. La démocratie a ses limites.

Côté salle (côté propre donc), une femme en blazer masculin lisait un magazine où il était question du mariage d'un top model avec une rock star. Derrière elle discutaient trois types en cravate de soie et jean western.

Côté bar, Slack alla tapoter la manche d'un type au comptoir, un Arabe d'une vingtaine d'années qui portait un K-way, des lunettes de soleil relevées sur le front, de longs cils en balayette, des yeux de chouette. Ce qui me fit penser au perroquet à l'oreille d'Angéla; Angéla, ma sombre proue de l'Opéra, là-bas…

Waldo resta en retrait, moi avec lui. Slack était en pleine discussion. Cela dura un moment. Puis il montra le sac avec les patins à roulettes du clodo, alors l'Arabe prit le sac et enfila les patins.

Dehors, un accordéon s'était mis à jouer, pour prouver qu'on était encore, et malgré tout, dans le Paris de Prévert et de Lubitsch. L'accordéoniste, une femme, chantait et les paroles roulaient profond depuis sa gorge.

Elle fréquentait la rue Piga-a-a-all'…
Elle était toute noire de péchés
Avec un pauv' visage tout pâle
Pourtant y avait dans l'fond d'ses yeux
Comm' quelqu' chose de miraculeux
Qui semblait mettre un peu d'ciel bleu
Dans celui, tout sale, de Piga-a-a-lle….

Slack revint vers nous.

– Ça baigne. Haz est d'accord.

Et lui et Waldo se topèrent dans la main, comme deux fermiers à la vente d'une génisse.

– On va attendre chez Phoebus, dit Waldo.

Phoebus était un autre estaminet, boulevard Beaumarchais. Mais avant, on retraversa la place pour prendre Angéla.

Elle était recroquevillée en double croche toute noire, sur la portée de marches de l'Opéra. Elle claquait des dents.

– C'est bon ! fit Waldo. Haz va pouiller à cinquante cinquante.

Et sur ces mots, énigmatiques pour moi, il aida Angéla à se mettre debout. Elle vacilla, s'abattit contre lui, la figure dans sa veste, y laissant un peu de salive.

– O.K., souffla-t-elle, ch'uis *prêtre.*

Un rire la secoua. Elle se dressa, rectifia : *prê-teu !* avec un autre rire à travers ses petites dents.

Slack nous quitta. Nous sommes partis nous installer tous les trois, Waldo, Angéla et moi, chez Phoebus. *J'ai pas de quoi payer,* rappelai-je à voix basse. Waldo fit *ptt, te bile pas, va !*

Nous nous assîmes à une table ronde dans la devanture. L'accordéoniste continuait.

... Il lui avait dit « vous êtes belle »
Et d'habitude dans c'quartier-là
On dit jamais les choses comme ça
Aux filles qui font l'même métier qu'elle...

Waldo commanda un café pour lui, un autre pour Angéla.

– Et toi ? me demanda-t-il.

– Un chocolat. Réflexe lycéen. Je me suis rattrapé : et puis non, euh, un café pour moi aussi.

– Avec l'addition, dit Waldo au serveur.

Angéla posa sa main sur la mienne, involontaire, légère, toute glacée, tout en dévisageant Waldo.

– J'aurais préféré un chocolat, dit-elle. Tu m'as même pas demandé.

Il la couvrait toute de baisers
En lui disant : « Laisse donc passer !
Moi j'vois qu'une chose,
C'est qu'tu es be-e-e-elle ! »

– Mais tu prends toujours du café.

– Là, j'aurais bien bu un chocolat.

Elle se tourna vers la rue. Sa main s'envola de la mienne, de la même manière qu'elle s'y était posée, avec indifférence. *Ils sont où, les autres ?* dit-elle. *Au coin*, dit Waldo très bas.

Il avait les yeux rouges et las.

Angéla dit *j'ai froid, Waldo.* Et Waldo lui dit *t'as qu'à mettre ta veste.* Il gardait l'œil fixé sur le dehors. Elle dit *j'sais pas où j'l'ai mise*, et elle se gratta la main.

Il se pencha alors, défit la veste qu'elle portait nouée à la taille et la lui mit sur les épaules. Ses gestes étaient délicats. *Ça alors…*

Je savais même pas que j'l'avais (elle eut son sourire de chien)... *J'croyais que je l'avais oubliée... merci.* Puis elle dit *j'les vois pas, les deux autres!* et Waldo murmura *parle moins fort, Angéla,* mâchoires serrées. Elle se mit à glousser, à faire des bulles sur le bord de sa tasse de café *oh bon bon.* Puis elle répéta *j'ai froid*, continuant à gratter le dos de ses mains.

Je buvais mon café à la cuiller, comme je bois les chocolats de chez moi.

Et quand elle sortait avec lui
Depuis Barbès jusqu'à Clichy
Son passé lui f'sait la grimace
Et sur les trottoirs pleins d'souvenirs
Elle voyait son amour flétrir
Alors elle lui d'manda d'partir
Et il l'emmena vers Montparna-a-a-sse...

Soudain je les vis. De l'autre côté du boulevard. Slack, l'Arabe aux yeux de chouette qui avait chaussé les patins à roulettes.

Ils n'étaient pas ensemble. Slack était adossé à un mur. Haz était cent mètres plus loin, en train d'acheter des marrons au brasero d'un marchand; et il attendait que ça grille, tout en montant et descendant sa glissière de K-way.

Elle croyait r'commencer sa vie
Mais c'est lui qui se mit à changer
Il la regardait tout étonné
Disant : «J'te croyais plus jolie.
Ici, le jour t'éclaire de trop
On voit tes vices à fleur de peau
Vaudrait p't'êt' mieux qu'tu retournes là-haut
et qu'on reprenne chacun sa vi-i-i-ie...»

– Ils vont faire quoi? me risquai-je.

– Haz a été champion de patins du 95. Il va *céfon* sur le *jonpi* que Laurent va repérer.

Le temps de traduire ses hiéroglyphes, de comprendre que le 95 c'était le Val-d'Oise, j'avais pris l'air plus abruti que de nature. J'ai répété :

– Laurent ? C'est qui ?

Laurent c'était Slack. Je souris.

– Tu te moques, le gros ?

– Non.

– L'appelle pas le gros, dit Angéla.

Elle grattait, griffait, son bras gauche. Le nez dans la tasse, elle marmonna *c'est pas… sympa de… l'appeler… comme ça*, inaudible.

Elle est retournée dans son Pigalle
Y a plus personne pour la r'pêcher
Elle a r'trouvé tous ses péchés
Ses coins d'ombre et ses trottoirs sales…

– Qu'est-ce qu'ils vont faire ?

Waldo ne me répondit pas.

Angéla eut un rire brusque, *t'as vu comment il boit son café ? À la petite cuiller ! C'est trop mignon*. Son regard se leva vers moi. *Je me souviens plus de ton nom, c'est quoi déjà ?*

– Henri, dis-je. Elle fronça un sourcil comme pour bien se rappeler. Je me mis à tousser et me détournai.

De l'autre côté du café, dans la rue, Laurent-Slack se pinça l'oreille.

– Le signal! murmura Waldo à sa tasse.

Mais quand elle voit des amoureux
Qui remontent la rue d'un air joyeux
Y a des larmes dans ses grands yeux bleus
Qui coulent le long d'ses joues toutes pâ-â-â-les.

Et je compris. Laurent n'était pas adossé à n'importe quel mur. C'était celui d'une banque, avec un distributeur de billets. Devant le distributeur: un homme en pardessus introduisait sa carte... C'était lui, le pigeon. Le *jonpi.*

Et Laurent se volatilisa.

– J'en peux plus Waldo, gémit Angéla. File-moi une cigarette...

Je vis un éclair en patins *céfon* droit sur l'homme au pardessus. Une bourrasque implacablement rectiligne.

– Une cigarette, répéta Angéla à Waldo qui n'écoutait pas.

Le champion du Val-d'Oise toucha à peine le bonhomme. À part la pluie de marrons grillés qui s'abattit soudain sur le trottoir, j'eus l'impression qu'il ne se passait rien.

Sauf que, la seconde de stupeur passée, le *jonpi* en pardessus se mit à hurler: *Au voleur! Au voleur!*

On est toujours risible quand on crie au voleur, on est faux, on gesticule, on est Guignol, on est Volpone, on est Charlot et Harpagon. Pour un peu on cueillerait les applaudissements du badaud.

Le serveur du Phoebus ouvrit la porte vitrée et demeura sur le seuil, sa serviette sur le bras.

– Le troisième de la semaine! s'exclama-t-il en souriant.

L'homme au pardessus baissa le front, contempla sa Carte bleue avec l'expression du mari qui découvre que sa femme l'a trahi. Une âme charitable (mais qui n'était que curieuse) s'enquit *combien il vous a pris?*

L'homme glapit *mille six cents!* haut et fort, pour bien montrer que c'était vraiment du vol.

Une ombre de sourire erra sur les lèvres de Waldo. Mille six cents balles. Je vis ses yeux qui calculaient.

Une autre âme charitable (ou peut-être simplement oisive) conseilla *faut vous plaindre à la police,* alors l'agressé, bien que n'étant pas encore au commissariat, se mit à se plaindre illico.

– On bouge! ordonna Waldo à voix basse.

Il repoussa son siège. On le suivit. Pour se lever, Angéla se cramponna à mon bras.

...Un jeune. C'est toujours des jeunes, qu'est-ce que vous voulez... Et toute une foule s'est mise à se plaindre avec le plaignant*: L'aut' fois, c'était ma mère... Ils lui ont volé son sac et hop! À soixante-treize ans!... Trois cents francs, ses clefs, ses photos, et hop...*

On n'entendit plus grand-chose: Waldo,

Angéla et moi, on arrivait faubourg Saint-Antoine.

Un taxi Mercedes olive freina près de nous. La portière s'ouvrit.

– Qu'est-ce que tu fabriques là ? demanda Angéla au chauffeur.

Elle regarda Waldo par-dessus l'épaule *t'as vu ? C'est Ibiza.*

– Et toi mon ange ? répliqua le chauffeur.

– On attend Laurent.

Dans le taxi, une voix s'esclaffa :

– Mais je suis là, bande de nœuds !

C'était bien Laurent. Plié sur le siège avant, il nous fit signe de grimper dare-dare. Waldo vérifia l'alentour, poussa Angéla, me poussa, et nous nous retrouvâmes tous trois sur la banquette arrière, Angéla au milieu.

«J'ai été le compagnon d'un mendiant dans des circonstances qui, maintes fois, empêchèrent chacun de nous de découvrir si l'un était digne de l'autre.»

Rudyard KIPLING
L'homme qui voulait être roi

Ibiza nous annonça qu'il devait brancher le répétiteur tarifaire. Le quoi? fit Laurent qui avait repris la position assise maintenant qu'on avait quitté les lieux du crime. Ré-pé-ti-teur! répéta Ibiza, le compteur du taxi, quoi! Qu'on se fasse pas repérer s'il y a un contrôle.

Lundi, au lycée, je demanderais à Rozenaud: «Qu'est-ce que c'est un répétiteur tarifaire?» Il ne saurait pas évidemment, ça l'épaterait, et encore plus quand je lui raconterais en quelles circonstances je l'avais appris.

– Je vais à un rendez-vous, dis-je. Faut que je descende.

– Ouais, ben, pas maintenant si tu permets.

Ibiza, le chauffeur, était mi-portugais mi-capverdien (c'est où le Cap-Vert, Rozenaud ?). Il avait été vendeur de beignets à Majorque, c'est pour ça qu'on l'appelait Ibiza. Avec son polo vert moucheté brun il avait l'air déguisé en carton à dessins.

– Un bol que je passais là ! glousssa-t-il. J'revenais de la gare de Lyon... Qui je vois en train de filer comme un Scud à Sadamussène ? Laurent !

Laurent tendit une liasse, *Haz a eu sa part.* Waldo s'en empara sans un mot. Ibiza siffla.

– Carton ! s'exclama-t-il, hilare. Je connais un type, il est de Saint-Domingue. Savez ce qu'il fait ? Il arnaque les touristes sur la tombe à Christophe Colomb. Parce qu'elle est là-bas, la tombe à Christophe Colomb. À Saint-Domingue. Il bobarde aux Amerloques qu'il va leur faire un change super-avantageux. Et ça rate pas, y a toujours un blaireau qui marche...

Angéla poussa un gémissement.

– J'me sens mal.

Elle m'agrippa au poignet, ses griffes de chaton égaré sur un tremplin de piscine. Un spasme la raidit sur le siège. Laurent tira un petit sachet de sa poche *tiens !*

Elle entrouvrit les yeux, puis les écarquilla, et resta bouche bête, ses ongles dans ma chair, *d'où tu sors ça ?* Elle se mit à respirer à petits coups. Il rétorqua par un bruit du nez et, négligent, *je l'ai toujours eu,* dit-il.

Les yeux étrécis, elle lui arracha le sachet, *ça fait une heure que j'en demande !* Stridente : *et tu m'as fait poireauter tout ce temps ?* Laurent la toisa : *tout à l'heure, t'avais pas de quoi me payer.*

Salaud, dit-elle. Elle répéta *salaud salaud*, en grondement à mi-voix, tremblant, et déchirant le sachet, *salaud*. Toujours en silence, Waldo repassa la liasse à Laurent.

– ... et quand l'Amerloque est bien chauffé, continuait Ibiza, mon pote lui échange des pesos contre 200 dollars. L'Amerloque, il est aux anges! Il croit qu'il vient de faire la super-affaire. Mon pote empoche les dollars. Et... pan!

Et pan! Du plat de sa main sur le volant. Ibiza riait, jubilait, et pan et re-pan!

– Ils le... tuent? dis-je faiblement.

– Penses-tu! Sont cools à Saint Domingue... À ce moment-là, rappliquent deux malabars qui disent: «*Policía! Cambio negro es prohibido!*» Interdit de changer au noir. L'Amerloque les prend pour des flics. Il s'excuse, *sorry sorry,* il reprend ses dollars, mon pote rengaine ses pesos... Et *pffuit!* tout le monde disparaît!

Angéla extirpa de sa poche une paille courte, comme celles du quatre-heures de Juju quand il boit sa mini-brick de Candia à la fraise, plongea une extrémité dans le sachet de poudre, se fourra l'autre dans la narine.

J'ai fermé les yeux. Elle respirait avec des

froissements de papier calque. Je n'ai jamais vu quelqu'un se droguer.

Enfin, si. À la télé. Au cinéma.

– Et alors? fit Laurent à Ibiza. Elle est finie, ton histoire?

– Alors, l'Amerloque, il s'est fait avoir! C'est pas ses coupures qu'on lui a rendues mais un rouleau qui y ressemble: des billets d'un peso bien roulés dans un dollar. Même épaisseur, même look! Sauf que ce n'est plus 200 dollars mais dix centimes!

Ibiza éclata de rire, *sont cools à Saint-Domingue!* Et, sur le même ton, *fais gaffe Angéla, on est à un feu rouge.*

Angéla se renversa sur le dossier, les lèvres ouvertes, gémissant *oh mon Dieu oh mon Dieu*, la voix basse et suraiguë, *t'es vraiment vraiment salaud Laurent*, comme la note finale d'un cri, *j'aurais jamais cru ça de toi...*

Silence. Ses mains tombèrent sur ses cuisses, comme des méduses sèches. Elle n'eut plus l'air disparue, ni perdue. Elle eut l'air morte. Comme la Vierge sur ce tableau à Florence, dans son suaire de bienheureuse agonie.

Florence. Mes mains se réfugièrent dans mes poches, touchèrent un carré de papier glacé. *Anna qui t'aime* rue de Florence ; et qui m'attend à Rome.

C'était quoi ce monde où l'on regardait quelqu'un bouffer de la mort en rigolant pour des combines de voyous ?

– Et, dis-je, l'Arabe aux patins à roulettes ?

– On le connaît que pour les affaires, répondit Waldo.

C'était la première fois qu'il parlait depuis qu'on était dans ce taxi.

– Il est pas arabe, il est iranien. Le traite jamais d'Arabe devant lui.

– Je ne l'ai pas *traité*, dis-je douloureusement. Je croyais...

J'eus une quinte de toux, interminable, qui s'acheva en hoquet de nausée.

– Va falloir que... je descende vraiment...

Ibiza sifflota *hé ho pas de blague ! On est à République, y a souvent des flics par là,* et il fit une mimique à Angéla dans le rétroviseur, mais Angéla ne pouvait pas le voir, ni l'entendre, ni répondre, Angéla était morte pour tout le monde, y compris elle-même. *Vous l'avez pêché où, ce p'tit gros ?*

– Dans l'métro, fit Waldo, laconique.

– L'a l'air d'un bébé... File-lui du gin. Dans la boîte à gants.

Laurent me passa la bouteille par-dessus le dossier, *avale si t'es malade*. Ça ressemblait à de l'eau. Je bus.

Mon crâne explosa. Ma bouche partit dans toutes les directions et je me mis à étouffer, à ne plus savoir respirer, *eh ! il nous postillonne en plein dessus !* à ne plus savoir où était ma langue ni même si j'en avais une, *il manque de pratique le p'tit gros,* mes yeux crachaient des larmes, *mais ravale tes postillons eh !* et mes oreilles des flammes, *bois un autre coup !*

Je bus un autre coup. Et encore.

Alors, ce fut inattendu. Un fleuve de feu, mais frais, généreux. Une merveilleuse douleur, une longue et violente et déchirante caresse.

– Ça va mieux hein ? fit, de très loin, la voix d'Ibiza. C'est le premier coup le plus dur.

En silence je lui redonnai la bouteille qu'il redonna à Laurent. Il dit :

– Waldo ? T'as vu dans quel état elle est, Angéla ?

– Le temps qu'on arrive, elle sera O.K.

– Je vais... mmm... ieux... expira Angéla.

Et son foulard de comédie musicale tinta à mon oreille. Ses yeux s'ouvrirent sur moi, brumant, *c'est con... j'ai encore oublié ton nom... c'est comment déjà ?*

J'ai murmuré, sans respirer : *Henri*.

*
* *

Ibiza s'arrêta sur le Sébastopol, dans le couloir aux autobus. On avait beau être autour de minuit, c'était les embouteillages du samedi soir. C'est étrange un embouteillage la nuit. Comme si le monde se trompait d'heure. Du bas du boulevard, la Seine envoyait ses souffles glacés.

– Va neiger, lança Ibiza.

– Je reste là ! cria Laurent.

Il nous agita la bouteille de gin, en adieu, par la portière.

Ibiza remonta la vitre où son *ciao, amigos !* fit une buée en nuage de farine et il démarra, et comme on ne distinguait plus ses mains sur le volant ni ses cheveux de métis, seulement son pull vert à taches, le taxi avait vraiment l'air d'être conduit par un carton à dessins.

– Je bosse dans vingt minutes, murmura Angéla.

Elle se pelotonnait dans son cuir, les poings serrés sous son col, les yeux cernés, le nez rouge, les joues blanches. J'ai demandé :

– Où est-ce que tu travailles, Angéla ?

Par là, elle me montra une rue vers les

Halles. J'eus envie de demander à quel genre de travail on pouvait se rendre à près de minuit, un samedi. Mais je ne dis rien.

Waldo remonta ses revers fluo sur les oreilles, *faut pas que je moisisse là*. Il lançait des coups d'œil nerveux à droite, à gauche, *j'ai pas envie de tomber sur eux...*

– Sur qui ? demandai-je.

Il ne répondit pas. *Ça caille encore plus ici,* fit Angéla en frissonnant. Elle lui donna une bourrade, *tu te montes le crâne Waldo. Ils sont pas là.*

– On sait jamais, répondit-il.

Angéla regarda mon polo en coton, *tu te gèles pas, toi, avec ton truc de bord de mer ?*

Je grelottais. Ce qui était absurde puisque je n'avais pas froid, mais alors pas du tout ! Peut-être à cause du gin. *Non, je ne me gèle pas*, dis-je, et pourtant je grelottais.

Waldo empoigna le bras d'Angéla, *donne-moi tes clefs, je peux pas rester là, ils vont me trouver...*

Elle eut un soupir de lassitude. *Encore un prétexte pour venir chez moi... je préfère être seule après le boulot, tu sais bien.* Waldo battit des paupières. Sa peau noir brillant devint marron terne. *Si tu penses que c'est un prétexte pour coucher avec toi, Angéla* (il enfonça son bonnet), *alors salut !* Et nous tourna le dos avec une allure de peuplier sans feuilles.

Elle courut, *fais pas l'andouille Waldo,* elle le rattrapa, l'embrassa au cou, *t'adores te faire peur hein ?... Tiens, les voilà mes clefs.* Elle lui tendit un trousseau, *y a un nouveau code à la porte. 2, 3, 1, B, 6. Pense à « deux trois imbéciles » pour retenir...* Elle sourit. Pas son sourire de chien, un sourire qui lui redonna vie pendant une seconde. *Tu te rappelleras, Waldo ?*

Il prit les clefs et il s'éloigna sans répondre, de ce pas qui effleurait à peine le sol. Il marchait comme il fréquentait la vie. De côté. En apparition. Elle soupira *ce mec est frappé.*

– Il est amoureux de toi, dis-je.

Elle observa le sol. Puis elle se mit à avancer, les poings toujours noués sous son col.

– T'habites loin ?

– 85, rue Marie-Stuart, à côté, répondit-elle machinalement. Marie Stuart, celle que la reine d'Angleterre a zigouillée pour être tranquille. Quel âge t'as ?

– Quinze ans.

Si je rougis de m'être donné un an de plus, elle nc le vit pas : elle contemplait les pavés. *Et toi ?* dis-je.

Elle resta muette.

Un type tout agité de tics, en haillons, avec des boursouflures qui lui mangeaient l'œil, nous barra la route, *une 'tite pièce 'sieudames...*

Angéla lui donna une pichenette *ben alors Baptiste, depuis quand on tape les potes ?* Baptiste papillota, sa bouche se fendit. Il avait entre trente et soixante ans.

... géla ? C'toi ? S'cuse. Angéla se tourna vers moi : *t'as un peu de fric ?*

– Rien, dis-je. Absolument rien.

Elle lui fit une grimace, *c'est la débine pour tout le monde, vieux*. Elle enchaîna : *et comment qu'elle va Sainte Cécile ?* L'homme se redressa, brusquement illuminé sous les boursouflures, *on ne l'oublie pas ! elle aussi a les bras en croix ! mais on ne l'oublie pas !* et s'éloigna en oscillant. *Lui aussi, il est frappé,* murmura Angéla.

Elle me montra une devanture, plus loin, éclairée d'étoiles en néon bleu congelé.

– C'est là que je travaille. J'te laisse.. euh...

– Henri, soufflai-je.

Elle ne me serra pas la main, juste un sourire, un *ciao* envolé, pressé, avec un bisou sur son index, et elle pivota dans le faux jour de la nuit. Et elle disparut.

Je hais les samedis.

Mais on était probablement dimanche.

Je hais les dimanches.

«Est-ce ainsi que les hommes vivent?»
Louis ARAGON

J'avais revu Alice, cet été-là, le soir du 14 Juillet, lampions, pétards et confettis.

Le long du remblai, les couples partaient danser bras dessus bras dessous, et inversement, après les rites plage-bronzage-apéritif... C'est con, les couples.

Madame Cauwenberghe ne voulut pas aller au bal, ni avec mon père ni avec personne.

– Mais allez-y, vous, Vesna! dit-elle, dans un bel élan magnanime, à la baby-sitter de Juju. Si vous en avez envie...

À cette époque, le centre de recrutement nous avait envoyé une jeune Yougoslave. Plus tard, apprenant que Vesna était serbe, ma mère la renvoya. *Son père bombardait peut-être Sarajevo, Seigneur! et ses frères pratiquaient la torture et le viol,* expliquait-elle. Il s'avéra, par une indiscrétion du centre, qu'en fait, Vesna avait fui la guerre. Mais alors, Madame lui avait déjà trouvé une remplaçante cambodgienne (les massacres des Khmers rouges n'étant plus d'actualité, quand ma mère vira la demoiselle ce fut pour cause de gratin brûlé). L'ex-Kampuchéa prit donc la place de l'ex-Yougoslavie au chevet de Juju. Nous avions amorcé la boucle l'année précédente avec une transfuge de l'ex-URSS: il est plus rapide de changer de baby-sitter qu'un nom de pays.

Mais cet été-là, c'était donc Vesna.

Je l'accompagnai au bal qui se donnait sur le front de mer. Vesna avait dix-huit ans, des yeux lavande, un petit corps robuste planté sur des talons plats, trop sain pour me séduire.

L'orchestre jouait du Elvis Presley, les garçons du «pelvis-presse-la» à leurs cavalières, et Alice était là.

Son regard croisa le mien. Par hasard, ou comme une erreur de parcours.

– Tu danser ? me proposa Vesna.

De ma vie jamais ! Je trouve ça débile. Et je hais les gros qui dansent. Mon orteil me sert d'excuse. N'empêche, j'adorerais ça. N'empêche, c'est débile.

J'ai dit *non, je pas danser* à Vesna qui se fit aussitôt embarquer par un short en casquette.

J'achetai un Fanta citron – j'avais l'humeur citron – avec une paille, et me mis à siroter en errant, à errer en sirotant.

Dans sa robe bain de soleil, Alice avait les épaules nues (vision périphérique, ne surtout pas montrer que je l'observe), que portait-elle dessous ? Peu de choses, certainement. Le Fanta fit des bulles carboniques quand je m'esclaffai dans ma paille : je venais de me souvenir que je *les* avais touchés l'autre jour, chez elle, et, bon sang, je ne *les* avais même pas vus !

Et, bon sang, si c'était moi le débile ?

Alice fut devant moi, *tiens t'es là,* après l'extinction de voix d'Elvis, *on te voit plus, qu'est-ce que tu fiches ?* Tout en s'emparant de ma paille, tout en y aspirant.

– Pas grand-chose, dis-je.

– T'as bronzé en tout cas.

Elle prit ma bouteille, *j'peux la finir ?* Sa bouche de fille est une ventouse rouge.

Puis :

– On ira se baigner après. Tu voudras venir avec nous ?

On ? Nous ?

– Je suis avec quelqu'un, dis-je.

Alice pointa son épaule bain de soleil en direction de Vesna : *oh, elle ? Elle a qu'à venir aussi.* Ajoutant, œil oblique, *si t'as envie bien sûr...*

J'ai corrigé :

– Si Vesna en a envie.

– Mais toi ?

J'hésitai. *Je ne sais pas,* dis-je pour ne pas répondre trop vite oui.

– On ira sur la presqu'île. C'est marée haute, on sera seuls. On verra le feu d'artifice.

– Y aura qui ?

– Marie, Clément, Ludo, moi… Toi et elle.

Tu te trompes, Alice, il s'agit de toi et moi. Je veux être entre toi et moi.

J'ai dit *d'accord*.

La presqu'île était une langue de roches, au bout de la plage, après la dernière falaise. L'océan à minuit était sombre et tiède, les mouettes y dormaient sur le ventre.

– Le premier à poil ! hurla Clément en se débattant avec sa braguette de jean. Le premieeeeer!!

Et les mouettes s'envolèrent.

Une bourrasque plaqua le jean sur ses jambes, *merde ! merde !* trépigna-t-il à pieds joints.

Le dernier dans l'eau paie le cinoche ! cria

Marie (qui ne risquait pas grand-chose, ses parents tenaient l'Atlantic-Palace). Vesna, quant à elle, avait tout compris sans traduire. Je la vis rire aux éclats, balancer ses sandales en l'air... Elle s'arrêta soudain, l'air interrogateur : *Henri, tu baigner ?*

J'ai ôté mon espadrille droite, avec lenteur.

Devant, j'aperçus les fesses de Ludo. Deux ronds livides, les marques du slip, des poils en chair de poule... Je me rechaussai illico.

J'ai tourné le dos à tout le monde pour remonter la dune.

– Hé ! Tu vas où ?

– Houhou ! qu'est-ce que tu fous ?

– C'est parce qu'il veut payer le cinoche !

– Ou qu'il a des complexes...

J'étais déjà au faîte de la falaise, sous les ailes des mouettes, dans les rafales qui sifflaient et l'écho lointain du feu d'artifice renvoyé du village par les vagues.

En bas, sur l'océan noir, ils ressemblaient à des mollusques sans coquille.

*
* *

C'était moi, ce soir, le mollusque sans coquille. Je grelottais plus fort depuis qu'Angéla m'avait planté dans cette rue piétonne.

Les piétons piétonnaient. Pas tous. Il y avait des femmes, immobiles presque, sous des porches, qui attendaient.

Comme Anna L. m'attendait. Même si elle ne le savait pas. J'ai sorti sa photo de ma poche et, dans les néons rose et vert, elle cligna des yeux en cadence. *Est-ce que c'est toi, ma mère?* murmurai-je. *Est-ce que c'est toi?* Je l'ai remise dans ma poche, ça lui évitait de me répondre.

Étienne-Marcel, m'informa le marchand de crêpes près duquel je m'enquis du métro le plus proche, *faut remonter la rue,* précisa-t-il.

J'ai donc remonté, ou du moins j'ai commencé, mais au bout de quelques pas, je me suis arrêté devant un magasin. Ça ressemblait à un magasin, malgré le rideau noir qui masquait la vitrine et qui me rappela la tenture de deuil sur la façade de notre immeuble, boulevard Henri-IV, quand le vieux colonel Pétrus du cinquième était mort.

Je ne suis pas idiot. Ici, personne n'était mort. Je sais à quoi sert ce rideau. Il masque l'intérieur du magasin, car là-dedans, c'est rempli de trucs, de vidéos, de photos, d'objets interdits aux yeux d'enfants. Rozenaud m'a appris un jour que son grand frère avait visité une boutique comme ça, et qu'il lui avait tout raconté *dans les détails*, mais j'ai soupçonné Rozenaud de vantardise car, en vérité, il avait été incapable de rien me rapporter de ces *détails*.

J'avais envie d'entrer. Pas tellement à cause des trucs interdits, au fond ça m'intéressait assez peu, et même ça m'écœurait d'avance, ces machins. En outre, il y avait un type planqué derrière le rideau, on voyait ses souliers grenat, il devait contrôler les entrées. Non, si j'avais envie, c'est parce que c'était là qu'était entrée Angéla tout à l'heure, je me rappelais bien ces étoiles, leur lueur bleu congelé sur le trottoir, elle travaillait là.

Je ne suis pas idiot. Au cinéma, ils montrent souvent ces endroits-là, j'avais une petite idée du genre de travail d'Angéla. Dans les films pourtant, avec les comédiens, tout cela a un air pas très vrai, forcément.

Je regardai les étoiles bleues, la vitrine noire, la vitrine vide, et ce fut comme si Angéla me tendait brusquement la main pour sauter hors de son film.

Deux hommes entrèrent. Deux autres sortirent. Je me doutais que si je passais le seuil, les souliers grenat auraient tôt fait de me flanquer dehors. Bien sûr, je pouvais répondre que ce soir j'étais beaucoup plus vieux que dix-huit ans, ce soir j'avais au moins cent ans, mais... *Adieu Angéla, Anna m'attend.* Je me détournai sans prendre sa main tendue.

Et j'ai aperçu la porte.

C'était une porte en fer, étroite, dont le revêtement noir fondait dans le noir du mur et le noir de la nuit, et le noir du rideau. Elle était sur le côté, une porte de service. Discrète. Fermée.

Non, légèrement entrouverte.

J'entrai.

Ce fut d'abord un long passage obscur avec des poubelles, ça sentait, puis une autre porte. Que j'ai poussée.

La musique m'a claqué l'oreille comme un coup de fusil. On ne distinguait rien, que des ombres ; des ombres de je ne sais quoi, de je ne sais où, et cette musique assourdissante qui faisait trembler des parois, des parois qu'on devinait, qu'on touchait, mais qu'on ne distinguait pas. Ça puait une odeur humainc.

J'avançais à tâtons, pas à pas, me demandais pourquoi cette musique, si fort, comme les boîtes de nuit dans *Beverly Hills* ou comme dans *Navarro*, et à quoi ça pouvait servir s'il n'y avait personne pour écouter...

Une voix d'homme tomba d'un haut-parleur : *Vous venez de voir Lola-Lola, oh là là quelle bombe, hein !... Vous voulez que ça continue ?... C'est facile, mettez vos petites pièces dans le monnayeur...*

Je rencontrai un dos. Un homme était assis dans la pénombre d'une minuscule cabine, un genre cabine d'essayage aux Galeries Lafayette. *Occupé !* cria l'homme assis sans tourner la tête ; il criait à cause de la musique et du haut-parleur. Il gloussa : *un peu maigrichonne leur Lola-Lola !* J'entendis un remue-ménage de monnaie, il secouait ses poches, *vous n'auriez pas deux pièces de dix ? Ah ! je les ai, vous dérangez pas*, un bruit de pièces tombant dans une tirelire, ou dans un parcmètre, un bourdonnement... et d'un coup de baguette magique, la cabine s'illumina !

Je ne suis pas idiot. Je vous assure. Mais sur le moment, je n'ai rien compris. J'ai d'abord pensé que j'étais au musée. Naturellement, je savais, ce n'était pas un musée, mais j'y ai pensé. Il y avait eu ces ténèbres... et soudain cette lumière jaillissait d'un carré du mur, comme un tableau éclairé de l'intérieur. Imaginez que, vous baladant en pleine nuit au Louvre, le soleil de Toscane projette soudain ses rayons hors de *La Joconde* accrochée à son clou. Ça ressemblait à cela. Sauf qu'à la place de Mona Lisa, c'était Angéla. Et qu'Angéla ne souriait pas.

Le tableau était une vitre en hauteur. Derrière, Angéla dansait sur la rugissante musique, au milieu d'un plateau qui tournait. Elle était debout, très frêle, très petite, son foulard de Carmen Miranda sur ses cheveux maigres, rien d'autre, absolument rien d'autre, car Angéla était nue comme un œuf.

Je jure que je voulais baisser les yeux, de toute mon âme je ne voulais pas regarder, mais l'âme n'a guère à voir avec tout ça, et je regardais avec une mortelle impression d'espion, de lui voler quelque chose (quoi?

Angéla ne portait rien). Je ne voulais pas voir, même si ses yeux, à elle, ne regardaient pas et ne se posaient nulle part et surtout pas sur moi ; et même lorsqu'elle ne montrait que son dos parce que le plateau l'avait emportée dans un de ses demi-tours comme une volaille dans un micro-ondes, je ne voulais pas regarder. Pourtant mes paupières restèrent ouvertes.

Le travail d'Angéla, c'était *ça*... C'était pour *ça* qu'elle prenait son poison blanc, et pour payer le poison elle faisait ce travail, et pour ce travail elle avalait le poison et ainsi de suite. Jusqu'à.

Encore plus maigrichonne, celle-là ! commenta l'homme assis devant moi. Son cou gris se tortilla avec regret, *la première fille était nettement plus*... Il renifla pour bien me figurer à quel point la première fille avait été « nettement plus ».

J'entendis une toux à travers la cloison mitoyenne. Je compris que des cabines comme celle-ci, il y en avait d'autres, beaucoup d'autres, rangées côte à côte, avec d'autres hommes assis dans le noir, chacun multiplié par deux pièces de dix qui leur donnaient le droit d'épier Angéla.

Angéla qui dansait dans son carré d'aquarium, elle lançait ses bras dans l'espace, blanche comme une croix, comme Anna L. sur son fauteuil noir et blanc. Angéla qui dansait, maigrichonne, ça oui, bigrement maigrichonne, à cause de la mort qui lui bouffait le sang, à cause de ces hommes assis dans leurs cabines noires, et qui payaient pour la voir sur ce plateau de micro-ondes, à cause d'un tas de choses que je ne savais pas, la vie, le fric, l'hiver. La vie.

L'homme assis pivota sur son siège et me vit pour la première fois. *Dis donc, qu'est-ce que tu fais là? C'est pas de ton âge.*

Il me dit cela en confidence, l'air de s'adresser à un malade. Peut-être que la jeunesse est une maladie, mais alors la vieillesse devait en être une aussi, et peut-être que la vie tout entière est une maladie, j'en sais rien, j'ai fait demi-tour au moment où le micro-ondes s'éteignait. Angéla avait disparu dans le noir.

L'homme assis se leva, cria : *y a un môme ! hé ! y a un môme qu'est là !* J'ai renversé une boîte de Kleenex par terre (qu'est-ce que ça fichait là, ça ?), j'entendis une cavalcade, j'ai pris mon élan vers le couloir.

L'homme aux souliers grenat se dressa brusquement devant. Je ne vis pas ses souliers, il faisait trop sombre, mais quand sa figure se pencha, toute grosse, au bord de la mienne, c'était bien une figure à porter des souliers grenat. Il grogna :

– Qu'est-ce que tu fous ici, mouflet ?

– J'me suis trompé, je voulais entrer dans la maison d'à côté.

Il m'accrocha l'épaule.

– Qu'est-ce qu'il fabrique là, ç'ui-là ? demanda quelqu'un.

– Un petit malin. File chez toi, petit, tu devrais être au dodo à cette heure-ci.

– Manquerait plus que les flics le trouvent, ils nous fermeraient la baraque… Sors-le en vitesse.

Souliers Grenat m'a donc sorti. Plutôt, il m'a fait entrer à l'intérieur de la boutique et m'a reconduit presto au seuil, près de la tenture deuil, celle qui cachait les *détails*. J'ai souri. *Ça te fait sourire ?* J'ai dit *non*, en souriant.

Je pensais au grand frère de Rozenaud, à Rozenaud ; je pensais que j'avais traversé tout le magasin et qu'ils venaient de me passer sous le nez, les *détails* !

Ensuite j'ai repensé à Angéla, et j'ai cessé de sourire.

– Rentre chez toi, petit. Va voir ta maman, va…

Va voir ta maman. La tenture retomba, et je me retrouvai dans le silence d'hiver. *Va voir ta maman…*

Laquelle ?

Un doigt glissa sur ma nuque.

– Bonsoir, murmura une voix.

J'ai gigoté pour me dégager et me retourner.

Ils étaient trois. Je ne les connaissais pas.

– Bonsoir, répéta le garçon. T'es seul ?

Mezzo voce. Gentil. Une mèche blonde, longue, sur son front, le nez pied de marmite façon Mary Poppins, un sourire tout en soie. L'autre, le brun qui l'accompagnait, avait l'air gentil aussi, très doux. Le troisième était sans air : c'était un chien-loup.

– Je t'ai posé une question, reprit le blond en susurrant un nuage tiède sur mes yeux. T'es tout seul ?

– Euh. Oui.

– Pourtant tu étais avec quelqu'un tout à l'heure?

– Quand ça?

Ils me firent reculer, un pas, deux pas, sans que je m'en rende compte, tapinois, et je me retrouvai bientôt coincé sous un porche, entre le digicode et eux trois, ce brun, ce blond et leur chien. J'avais chaud, sans doute qu'ils faisaient coupe-vent. Et aussi que mon cœur s'était mis à fouetter un galop.

– Oui-oui-oui-oui, fredonna le brun sur un air de comptine, il était avec Angéla. Hein, que t'étais avec Angéla?

Ils souriaient. Y compris le chien qui relevait les babines.

– On t'a vu lui parler.

– C'est vrai, dis-je.

– On aurait voulu lui causer, mais c'est pas possible, elle est en train de bosser.

– C'est un truc urgent pourtant, hyper-urgent.

– Mais peut-être que tu sais, toi?

Je ne vis rien venir. Quelque chose me sauta à la figure puis pétilla à petits bonds de plastique par terre : un bouton de mon polo venait de tomber. Quand je me baissai, en bon garçon soigné, pour ramasser, un grognement sortit du chien qui me fit me redresser net.

Je vis alors que le type brun avait sorti un cutter. C'est lui qui venait de trancher mon bouton.

– T'étais donc avec Angéla, murmura-t-il, jouant avec le taquet de sûreté. Tu la connais ?

– Depuis ce soir.

– Donc tu connais Waldo.

– Pareil. Depuis ce soir.

– On le cherche. Tu sais où on le trouve ?

Code 2, 3, 1, B, 6. Deux trois imbéciles, tu te rappelleras, Waldo ? Mais c'était pas mes oignons, j'ai murmuré :

– Il ne me l'a pas dit.

C'était vrai : à moi, Waldo n'avait rien dit. Madame Cauwenberghe me trouve du talent pour me faufiler entre les mensonges. C'est le seul don qu'elle me reconnaisse, avec celui de nettoyer les plats aux fins de repas.

– Pourquoi t'as la tremblote ? chuchota le blond.

– Le froid.

C'était moins vrai. *Je suis un peu malade*, ajoutai-je, *j'ai de la fièvre,* pour faire plus authentique.

– Ah. On croyait que t'avais peur de nous.

– Non. Pas du tout.

Mensonge. J'avais une trouille bleue. Leurs têtes angéliques, leurs sourires satinés, le cutter, le chien, ils me fichaient vraiment la trouille.

– Où il est ?

– Qui ?

– Waldo.

– Il ne m'a rien dit.

Leur regard changea. Les sourires s'effacèrent. Ils me plaquèrent brusquement au mur de la porte cochère. *Si t'es copain avec lui, tu dois savoir où il se planque,* j'ai fait non non avec la tête, de toutes mes forces, *je le connais seulement depuis ce soir je vous assure ! Y a une heure, peut-être, à peine, je l'ai rencontré dans le métro*. Et j'avais mal à mon cou de le secouer ainsi, *non non non, j'vous jure,* comme un automate déréglé, *j'vous jure !* et j'avais honte de cette peur qui me montait, montait, épaisse comme une mauvaise odeur. *Écoute voir,* reprit le brun. Sa lame étincela. Un deuxième bouton me sauta au menton. *C'est quoi ton petit nom ?*

J'ai balbutié : Henri.

Et il a répété *Henri ?* mielleux, et j'eus une atroce envie de faire pipi. *Écoute voir, Riri, Waldo nous doit du pognon, une masse de pognon, t'écoutes ?* La main du blond fit un éclair au-dessus de ma tête, j'ai fermé les paupières. Il a chuchoté :

– Tu veux un souvenir de Monte Cristo ?

Et sa voix lisse s'enfonçait en vous comme un ongle dans une peau de citron. J'ai rouvert mes yeux. Sa main retomba : lui aussi, il tenait un cutter.

J'eus une sensation de chaleur au nez, et d'abord ce ne fut pas désagréable, plutôt réconfortant même, parce que mon nez et mes narines étaient frigorifiés. Puis la chaleur a irradié toute ma joue, inquiétante, et du sang s'est mis à couler sur mon poignet, à longues gouttes, par terre, sur le pavé. J'ai paniqué.

J'ai commencé à pleurer, sans pouvoir m'empêcher, et en même temps j'avais honte, tellement, tellement honte, que je le faisais en silence, presque, sans larmes, avec un petit *huu huu* idiot, parfaitement écœurant, qui me sortait des lèvres malgré moi. *Bon, le v'là qui chiale...*

Un monsieur en loden passa. *Vous lui faites quoi à ce pauvre môme ?*

– C'est mon p'tit frère, lui a rétorqué le

brun avec un clin d'œil. Il saigne toujours du nez quand on le dispute.

Et se tournant vers moi : *tu sais pourtant que maman ne veut pas que tu traînes dehors si tard, tu le sais !*

Le monsieur en loden s'est éloigné. Eux, ils se sont rapprochés, *tu veux nous faire repérer, c'est ça ?* souffla le blond, et ses mots n'arrêtaient pas de me lancer des brouillards. Je me suis mis à tousser.

C'était affreux, comme des sanglots, des éternuements sans respirer, j'avais un point de côté. *Il saigne sur mes Mac Dougall !* s'écria le brun, *ça tache, dis ?*

– Souvenir de Monte Cristo, répéta le blond.

Je l'entendis à peine, j'étais plié en deux. Ma toux éclatait comme des coups de feu dans la rue, *il va vraiment nous faire repérer, ce con...*

Quand je repris mon souffle, quand je rouvris les yeux, ils avaient disparu.

J'étais seul contre la porte cochère, mon sang qui gouttait, mon cœur qui étouffait. J'avais le nez qui piquait, sans réelle douleur, mais j'ai glissé lentement par terre, les bras lourds comme avec des fils qui les tiraient vers le sol. Je me suis ratatiné dans mon odeur de peur.

*
* *

– T'es mal, vieux ?

Je crus à une voix de fille.

– Oh dis donc, oui... T'as l'air vachement mal.

Le visage était celui d'un garçon plus grand que moi, pas beaucoup plus vieux. *Tu bats la breloque !* Je suppose qu'il voulait dire que je tremblais beaucoup ou quelque chose comme ça. J'ai bredouillé :

– Ça... ça peut aller.

Il pouffa *et mon z'yeux ? Dans dix minutes, tu nous feras Chilly Willy !* Il se tut, se pencha pour m'examiner. Je me relevai et l'examinai aussi. Il sortit de son jean un roulé-boulé de Sopalin qui lui servait apparemment de mouchoir. Je me suis essuyé.

– Qui c'est Chilly Willy ? dis-je en reniflant. Et avec une grimace car j'avais avalé du sang.

– Le pingouin du dessin animé, tu connais pas ? Il vit au pôle Nord.

Et de chantonner, haut perché*, oh baby baby it's so cold outside…*

Il avait la bouille ronde, sans barbe ni bouton, un teint beurre fermier, des cheveux ras roux potiron. Une tête sympathique, malgré cette absurde voix de fausset. *Où c'est qu'il y a un métro ?* demandai-je, *je dois aller à Rome.*

Il pouffa derechef *ah ouais ? À Rome ? Rien que ça ?*

– La station de métro, soupirai-je.

Il eut un regard en biais, poussant une nouvelle chansonnette *arrivederci Roma, t'es un malin toi.* Je ne voyais pas en quoi j'étais un malin, je me sentais même assez crétin.

– Faut te faire un pansement, reprit-il, tu saignes drôlement. Y a une pharmacie là-bas, ils font nocturne. Comme tout le monde, dans le coin.

– J'ai pas un sou, avouai-je.

Il dit *moi non plus, mais le pharmacien est un pote*. Et il embraya *we're in the money, the sky is sunny*...

La pharmacie se situait rue du Caire. *T'es pas à Rome, t'es au Caire !* rigola mon guide. Il rigolait aigu. Dix mètres avant la boutique, j'ai stoppé.

– Et si on me demande comment c'est arrivé ?

Fredonnant à mi-voix, il me regarda avec une moue.

– *Daddy daddy what did you do at war*... Compris. J'ai une bouteille chez moi, un truc qui désinfecte, tu veux venir ? *what did you do daddy daddy*... P't'être même que j'ai du sparadrap.

Il devait faire plus chaud chez lui. Et mon

nez commençait à me faire souffrir, le Sopalin collait quand j'essuyais. J'ai dit oui.

– Dis donc, ils t'ont fait Jack Nicholson.

– Quoi ?

– Jack Nicholson, dans *Chinatown*, le film... Un type lui fendait la narine au couteau.

J'ai répété *j'ai la narine fendue ?* et je ne fus pas loin de tomber dans les pommes, à l'idée.

– Ouais, t'as la narine fendue, rit-il. Signé le cutter à Monte Cristo. Prends pas cet air inquiet, ça se soigne...

Son immeuble était cossu, la cage d'escalier très large, il y avait un tapis sur les marches ainsi qu'un petit banc de velours rouge opéra à chaque palier.

– T'es à quel étage ?

Il me fit signe de me taire. Je notai qu'il montait sur la pointe des pieds et que, motus, il avait stoppé son récital.

Au sixième, il y avait un couloir ; au bout, un escalier dangereusement vertical menait à des chambres de bonnes que l'on dépassa. Une échelle à incendie était suspendue dans un dernier recoin, sous un vasistas. Mon rouquin y grimpa pour soulever le vantail.

– Tu crèches sur le paratonnerre? pouffai-je.

Une rafale nous tomba dessus, sifflante comme une lanière de fouet. *Chut,* il s'éclipsa par le vasistas. Sa tête reparut peu après, pâle contre le ciel noir.

– Qu'est-ce que t'attends? Monte.

Je me retrouvai dehors, sur le toit, dans le vent et le froid. Il referma le vantail avec soin. *Chem'cheminée Chem'cheminée Chem' chem'chéro* sifflota-t-il avec une petite danse sur le zinc en pente.

Autour, les cheminées fumaient des fantômes par milliers.

À nos pieds, Paris était un gouffre de lumière. On était un peu au-dessus de l'église Saint-Leu, face au carillon et, en fond, le Sébastopol invisible feulait comme un gros bestiau. *I'll build a stairway to paradise* chantait mon guide.

– Attention, dis-je quand je le vis partir vers la gouttière.

– T'inquiète, j'ai l'habitude. *Fly me to the moon,* mais toi, fais gaffe ! *And let me stay among the stars...* C'est là.

Au milieu du toit, adossé à un gros tuyau, se dressait un cube en béton fermé par une porte d'acier.

– Le tuyau, c'est la soufflerie du resto en bas, m'apprit mon guide en ouvrant la porte du cube. Ça me chauffage gratos ! *It's too darn hot, toubidoubidou, it's too darn hot...*

Le cube était un local d'environ un mètre sur deux, une chambre au cœur du ciel, avec un matelas à même le sol (je veux dire à même le toit), des couvertures ; une caisse, un réchaud à gaz, de la vaisselle, une mini-télé, un magnétoscope, et des dizaines de cassettes vidéo amoncelées jusqu'au plafond.

– Tu habites vraiment là ? m'étonnai-je.

– Ouais, là. *I don't wanna be a millionnaire, oh no sir...* Je me suis même fait une installation électrique maison.

Il vissa une ampoule pendue à un faisceau de fils qui rayonnaient depuis un câble du toit voisin, et la lumière se fit. *Turn on the light Amanda, turn on the tune...*

Il rabattit la porte. Le tuyau du restaurant traversait la pièce, diffusant une chaleur moite. *Dans cinq minutes, y fera plus chaud qu'à Honolulu. Blue Hawaiiii alohaaa... Si j'avais pas pu me bricoler ce branchement, je serais jamais venu habiter ici, même si ç'aurait été le château de Versailles. Because la vidéo.*

Il m'observa. Il semblait très fier de sa « maison ».

– On m'appelle Mélo. Parce que je suis un dinguc de comédies musicales. Mélo comme mélodie. Je chante comme une pelleteuse mais j'ai le truc pour trouver l'air qui va avec la situation... Dis donc, ton nez enfle à vue d'œil, ça te fait une de ces patates !

Il fouilla dans la caisse, *where are you little Chickadee dee dee,* il sortit un flacon de Mercryl.

– Y a pas de glace pour se voir, je me rase dans la poêle à frire, attends, je te l'essuie.

Il ôta la poêle à frire de dessus le réchaud, la frotta d'un revers de manche et me la tendit. *Pas de coton non plus... Oh yes we have no bananas, we have no bananas today, mais j'ai du Sopalin.*

– Jamais t'arrêtes de chanter?

– Ça t'embête?

L'air sincèrement chagriné.

– T'es pas un humain, t'es une anthologie.

– C'est quoi? Oh, je sais... ça veut dire juke-box, c'est ça?

– Tu pourrais chanter autrement qu'en anglais. En anglais, je pige qu'un mot sur six.

– Je connais des airs en français. *J'aime*

bien mes mouton-on-ons, j'aime bien mes dindon-on-ons, Mexico, Mexiiiiiico... Excuse, je préfère Fred Astaire que Luis Mariano.

– «À». On dit: «je préfère à» et «j'aime mieux que».

– Hein??

De plus en plus chagriné.

– C'est qui, Luis Mariano?

– Un chanteur qui rendait folles les nanas. Il était pédé. Comme moi. Mais je préfère Fred Astaire.

Je me sentis rougir bêtement.

– C'est des vieux machins, des vieilles chansons, non?

– Ouais. C'est de ma grand-mère. Toutes ces cassettes, c'était à elle. Elle est morte. Des fois, elle en voyait six par jour. On les regardait ensemble.

– Ici?

– À Bondy.

– T'as déménagé?

Il ricana de sa drôle de voix.

– On m'a déménagé. Des fois, ils me retrouvent. Alors je me casse. Deux ans que ça dure. Deux autres, et j'aurai dix-huit ans, et ils pourront plus rien me faire.

Je me penchai sur la poêle. Elle me faisait la tête tordue, mais je vis ma narine. Fendue net, en deux.

– Tu crois que ça va s'infecter? demandai-je avec le secret espoir d'être rassuré.

– Peut-être. Peut-être pas.

Merci du tuyau. J'entrepris de nettoyer la plaie.

– Tu t'y prends comme un manche, s'exclama Mélo.

Il s'approcha, s'empara du Sopalin pour m'aider. Malgré moi, j'eus un recul.

– Ben quoi? Je sens mauvais?

J'ai murmuré *pas du tout*. Il a fait une mimique avec une joue. Il avait parfaitement compris. C'était ce truc qu'il venait de dire. Ce *comme moi*. Il a pouffé:

– Panique pas. Primo, t'es pas mon

genre. Deuzio, t'as pas un rond. *Brother can you spare me a dime...*

Il pouffa encore pour prouver que tout cela n'avait aucune importance. Ce qui prouva que ça en avait. Je lui ai tendu le Sopalin et je l'ai laissé me soigner. Dans sa figure pâle, ses yeux étaient d'un noir d'oubliettes, avec des siècles de tristesse. Particulièrement quand il riait.

– Il n'y est pas allé de main morte, Monte Cristo. Va te falloir des points de suture.

– Monte Cristo... C'est le blond?

– Mmm.

– Tu le connais?

– Tout le monde connaît. Qu'est-ce qu'il te voulait?

– Savoir où est quelqu'un.

– Waldo?

Je levai les yeux.

– Il lui doit du fric, expliqua-t-il. On est tous au courant. Je veux pas être à sa place quand ils vont le retrouver. Tu leur as dit où il se planque ?

– Non.

– Mais tu le sais ?

Mon nez ne saignait plus, Mélo reboucha le Mercryl. Comme je ne répondais pas, il sembla oublier qu'il avait posé une question.

– Voilà un bout de temps que je ne t'ai pas entendu chanter, dis-je.

– Au moins trois minutes ! dit-il dans un éclat de rire, *I'll sing along from here to eternity...*

Le carillon de Saint-Leu me fit sursauter.

– Faut que j'y aille maintenant. Merci pour tout, Mélo.

J'allai vers la porte.

– Il t'a aussi pété la cheville ? interrogea-t-il.

– Qui ça ?

– Monte Cristo.

– Non, pourquoi ?

– Tu marches rigolo.

– J'espère bien. Je me donne un mal fou pour être drôle. *Dans la soupe y a pas d'jambe de bois, y a des nouil…*

Mon concert s'étrangla dans une toux violente.

Des points de suture, répéta Mélo d'un ton paisible, *et du sirop, voilà ce qu'il te faut.* Moi, téméraire, entre deux quintes, je continuais: *des nouilles mais ça ne se voit pas… T'es contagieux, Mélo.*

– Je tousse pas.

– Mais… tu… chantes…

Quand ça m'est passé, j'ai dit *bon, faut que je parte,* et j'ai ouvert la porte.

– Je te raccompagne à l'échelle.

Nous sortîmes du cube. Le froid s'engouffra à pleins poumons dans les miens, me déclenchant aussitôt une nouvelle crise. *T'as vraiment pas l'air bien,* dit Mélo, me fixant comme il aurait fixé une tortue tombée sur le dos.

Ma poitrine émettait des grincements

bizarres que je n'avais jamais entendus. J'ai plaqué ma paume sur la bouche pour étouffer ce tonnerre que je produisais à moi seul. Après, ma paume était tachée.

– Ma narine re-saigne.

J'avais la voix d'un asphyxié. Mélo fit une grimace :

– Elle saigne pas. C'est quand tu tousses. À ta place, je me baladerais avec autre chose qu'un polo. Et j'irais voir un toubib.

– Je vais à Rome d'abord.

Il garda le silence. J'ai tourné la tête : je venais d'entendre des chuchotements du côté d'une cheminée. *Qu'est-ce que c'est ?*

– C'est rien.

Il sourit et partit à travers le zinc avec une grâce de farfadet.

Au-dessus de la ville qui, du fond de ses précipices lumineux, éclairait les nuages d'orange nocturne, Mélo faisait penser au ramoneur d'Andersen. Juju adore ce ramoneur. Cher Juju, qui ronflète douillet sous sa couette pendant que son frère joufflu caracole dans des airs pentus. Non, pas frère. Demi. Mais joufflu, ça, entièrement.

Mélo me fit signe de le rejoindre. J'y allai, moins vite, moins souple que lui. Il me désigna une souche de conduits contre laquelle des cageots s'empilaient les uns sur les autres. On y entendait des roucoulements. Je m'accroupis.

Des pigeons dormaient au chaud.

– Ils sont à toi ?

– C'est obligé qu'ils soient à quelqu'un ?

Il haussa les épaules, *ils appartiennent à personne. Même pas au maire de Paris. Tu vois ce filet tendu au-dessus de cette petite cour, là-bas, entre les toits ? C'est une frappadingue de l'immeuble qui l'a fait poser. Elle supporte pas que les pigeons viennent à sa fenêtre, alors elle a fait mettre un filet. Pour les empêcher.*

Le rire de Mélo libéra un petit fantôme qui vola par-dessus les toits et alla rejoindre ses copains des cheminées. *Elle s'est foutue elle-même en cage, l'abrutie. Et les pigeons, eux, ils se bidonnent...*

Pour le moment ils n'avaient pas l'air de se bidonner, les pigeons ; ils se méfiaient, me tâtaient du coin de l'œil.

– C'est vrai que tu sais pas ? dit Mélo en s'agenouillant pour les caresser.

– Quoi donc ?

– Où Waldo s'est planqué.

– C'est pas mes affaires.

– Si tu le sais...

– C'est pas mes affaires.

– ... tu devrais l'avertir. Lui dire qu'ils le cherchent.

Il se releva pour retraverser le zinc.

– T'as vu *Sur les quais* ? demanda-t-il par-dessus l'épaule. Un film avec Marlon Brando. Il est docker et il élève des pigeons sur son toit. Paraît que c'est courant, là-bas, aux States. Ils ont des toits tout plats. Les gratte-ciel, tu comprends. Un jour, je prendrai le bateau et j'irai !

Et, de toute la force de sa voix ténue, il entonna à travers le ciel : *New York New York, the wonderful town...*

Si les étoiles brillaient par leur absence au-dessus de nos têtes, c'est qu'en cette minute elles étaient toutes dans les yeux de Mélo.

– Et moi je vais à Rome, dis-je. Rome à Paris.

Il rit encore, son regard redevenu noir oubliettes.

– Regarde, dit-il. On voit des drôles de choses quand on est en l'air. T'avais remarqué qu'une fougère poussait en plein sur le mur de l'église ? Tu la vois ? Entre les pierres... Comment qu'elle a atterri là ?... Et là-bas... Ces oiseaux qui sortent du clocher de Saint-Eustache ?... C'est pas du tout des oiseaux. C'est des chauves-souris. Hein ! Des chauves-souris ! Tu trouves pas ça incroyable ?

– Si.

Moi, ce qui m'étonnait, c'était que des Juju, des Cauwenberghe, des Anna, des Angéla, des Waldo, des Monte Cristo, des Henri, vivaient au tréfonds de ces gouffres en ignorant que c'était des gouffres.

Mélo fourra les poings dans son jean et, durant un long moment, nous gardâmes le silence au milieu des cheminées qui fumaient.

– Tu sais, reprit-il. Tu devrais avertir Waldo. Tu devrais vraiment.

Il sautilla jusqu'au vasistas et l'ouvrit pour moi.

– Bon, ben, *bye bye birdie*. Fais gaffe à pas faire de bruit. La frappadingue anti-pigeons habite l'immeuble. Si elle apprend qu'y a un autre z'oiseau sur le toit…

Je lui tendis la main, m'apprêtant à le remercier encore, lorsqu'une petite chose blanche, aérienne, toute menue, vint se poser sur mon poignet.

– Tes pigeons se déplument, dis-je, tu pourras bientôt te faire un édredon.

Mélo leva le nez.

– Tu parles d'un édredon! gloussa-t-il. C'est la neige!

Il avait raison. Des tourbillons de petits points descendaient, tout noirs, du ciel, pour arriver, tout blancs, sur les toits, sur la ville.

Car si les étoiles brillaient par leur absence ce soir, les yeux de Mélo n'y étaient pour rien. La cause en était les nuages. Uniquement les nuages.

Je cherche midi à quatorze heures trop souvent.

Il y a une catégorie d'humains qui m'agace : celle des gens qui règlent la flamme de leur briquet au plus bas. Il m'est pénible de l'avouer, mais mon père en fait partie.

Non pas qu'il soit avare ou parcimonieux, ni même économe. Seulement je ne peux pas m'empêcher de voir dans cette flamme minimum le reflet d'un esprit petit, ratatiné, parfaitement détestable. Et ça me peine pour papa.

Parfois je l'observe lorsqu'il allume un cigare, il se débat avec son trognon de feu qu'il passe et repasse, douze fois ou plus, pour enflammer le tabac.

– Rallonge la flamme, dis-je invariablement.

Invariablement il sourit mais n'obéit pas, et il passe et repasse.

La première fois que je remarquai la chose, ce fut en juillet. Nous étions seuls, lui et moi, dans le jardin des vacances. J'étais en train de lire *La Maison d'Âpre-vent*; lui, contemplait le jardinier qui arrachait les liserons.

J'avais vue sur ma page de bouquin, et aussi sur la mer, les goélands, les pins, et puis surtout sur la villa voisine où, derrière la haie, près d'un parasol replié, Alice bronzait en short et haut de maillot.

D'accord. Mettons que si je me trouvais là, dans le jardin avec papa, c'était moins pour Dickens que pour Alice en short et haut de maillot.

Elle était à plat ventre sur le gazon, sa figure dans les bras. De temps à autre, elle se redressait, se tartinait de gras, et s'aplatissait à nouveau sous le soleil comme une tranche dans un grille-pain.

– Ahmed, dit mon père au jardinier, vous

penserez à arroser le pélargonium ? Il a l'air mort de soif.

Le jardinier eut une expression quelque peu égarée. Pélargonium ? *Was ist das ?* s'interrogeait sa moustache noire (en version sud évidemment ; je ne pense pas qu'Ahmed sût l'allemand).

– Ci flours-là ? dit-il, désignant, au hasard, les résédas.

– Non, ces fleurs-ci, indiqua papa.

– Oui oui. N'impourte coumment, ji veux arroser toutes li flours qui sont là.

Il répéta *toutes, toutes,* humblement explicatif et empli de culpabilité à l'idée que mon père n'ait pas su deviner qu'il avait bien l'intention de les arroser toutes, ces fleurs-ci et là.

– Très bien, merci Ahmed.

Papa me coula un sourire vaguement embarrassé et s'offrit une contenance en sortant ses cigarettes et son briquet. Il faisait pitié. Il n'avait pas le talent, à la différence de

Madame, pour donner des ordres au «petit personnel». Quand il s'y collait, il se recroquevillait toujours après. Même avec de dociles baby-sitters.

– Tu ne te baignes pas? me demanda-t-il.

– Pas tout de suite.

– Henri, je vais nager. Tu m'accompagnes? proposa à cet instant la voix d'Alice depuis le jardin d'à côté.

Je me mordis le dedans d'une lèvre. Sa proposition arrivait avec trois secondes de retard. *Pas tout de suite,* répétai-je, mais plus à l'intention de papa, pour lui montrer qu'une fille ne me ferait pas changer d'avis.

Le sourire d'Alice parut au-dessus de la haie mitoyenne, au milieu des ondes lumineuses de cette journée d'été. La gourde. Pourquoi n'avait-elle pas parlé avant?

– On peut lire le soir, répliqua-t-elle. Mais on ne peut se baigner que la journée.

– Ah, mais non! fit gaiement papa. Les bains de minuit, ça existe aussi!

Alice rougit, l'air de n'avoir jamais eu, de sa vie, l'idée d'une pareille malice.

– C'est vrai, murmura-t-elle en pinçant sa bretelle de maillot. Son œil se figea sur moi. Il étincelait de ma « trahison » du 14 Juillet, lorsque j'avais déserté la falaise.

Papa se mit à allumer une cigarette. Ce fut ce jour-là, pour la première fois, que je notai sa minuscule et misérable flamme de briquet, et presque sans raison un flot de colère monta en moi contre mon père.

Alice fit claquer sa langue, *bon alors, tu viens ?* Et que je te sautille de la sandale derrière la haie ; et que je te tortillonne la bretelle de maillot.

– Non, dis-je.

– Et vous ? fit-elle, se tournant vers mon père. Vous non plus, vous n'aimez pas nager ?

– J'irais volontiers, mais ma femme va rentrer.

Papa battit des paupières, se rendant compte que sa maladresse donnait à sa phrase un sens gênant qu'il n'avait pas voulu. J'éprouvai une satisfaction mauvaise à le regarder se reprendre. Il enchaînait en hâte :

– Elle fait des achats en ville, donc elle aura un tas de paquets, donc je vais devoir l'aider à décharger la voiture, donc il faut que je sois là.

Alice haussa une épaule, *eh ben moi j'y vais*, elle lâcha la bretelle qui fit *plap* sur son omoplate, et prit le chemin de la barrière voisine. *O.K. je viens aussi !* Cette phrase que je venais de proférer sans réfléchir me dégoûta de moi pour un certain temps. Mais j'en avais trop envie.

Je laissai tomber Dickens, ses orphelines, son vent âpre, et partis sur les pas d'Alice en évitant le regard de papa. J'étais en train de me montrer aussi veule que lui, ça me mettait en rage.

– Boune apris-midi, dit Ahmed en m'ouvrant le portail.

– Merci.

Sur la route, ce fut trop fort, malgré moi je glissai un œil en coulisse à papa. Il me regardait partir, un léger sourire sur la face, un sourire exaspérant d'indulgence narquoise, et je crois qu'à ce moment-là j'aurais pu lui jeter une pierre.

Le short d'Alice filait à vingt mètres devant, j'ai accéléré sans tout à fait parvenir à sa hauteur. Les rayures horizontales du maillot ondulaient, comme des prolongements de la mer qui était à notre droite.

Tu m'attends ? M'en voulus aussitôt de cette requête.

Alice s'arrêta, pivota. Ses sandales ne bougeaient pas d'un millimètre mais j'aurais juré qu'elles trépignaient. *Tu peux pas marcher plus vite ? Vraiment ?*

– Vraiment. J'ai plus de kilos à remuer que toi, dis-je avec une bonne humeur méchante.

– Ça va, recommence pas avec ça…

Elle cessa d'avoir l'air de trépigner. Ce fut

pire, elle eut l'air de s'empêcher d'avoir l'air. *C'est parce que tu boites ?* demanda-t-elle.

Je boite, moi ? Juste un orteil vide. Et bon ?

– Tu sors toujours avec Loïc ? demandai-je, ignorant sa question.

Elle s'esclaffa. *Loïc ? Celui du Blue Bar ?...* Bien sûr, Loïc du Blue Bar. Il y en a d'autres ? *Tu retardes, c'est fini depuis une semaine.*

Nous avançons, enfin côte à côte, elle avec son maillot à prolongements de mer, moi avec mon orteil en moins et mes kilos en plus. J'ai chaud à cause du soleil, de la brise imparfaite, à cause de ce que je veux soudain demander à Alice. Et que soudain je lui demande :

– Tu avais vraiment envie de m'embrasser, l'autre jour... quand on était chez toi ?

Elle pouffe *bien sûr !* Et re-pouffe *quand je fais quelque chose c'est que j'en ai envie.*

Pourquoi ? je demande.

Henri, t'es con ou quoi ? Je dois l'être, oui, parce que je ne vois pas pourquoi. Quand on se fait embrasser par un Loïc à moto, pour quel motif va-t-on chercher un Henri d'une tonne (moins sept grammes d'orteil). Ou alors, c'est pour rigoler.

– C'était pour rigoler ?

Elle s'arrête à nouveau (ça tombe bien, je m'essouffle). Elle lève les yeux en se repoussant une mèche façon série américaine. *À ton avis ?* rit-elle.

Mon seul avis, c'est qu'elle pourrait recommencer, là, tout de suite, sur cette route d'océan. Et je me laisserais faire. Cette fois, je me laisserais.

Je ricane :

– À mon avis, on devrait refaire l'essai.

Elle re-pinçote sa bretelle, et la relâche, et la repince, *plap* sur son omoplate, elle secoue la tête, *trop tard je veux plus,* plap plap, *écoute Henri, c'est vrai, l'autre fois j'en avais envie. Mais au fond, je veux pas sortir avec toi. Écoute, te vexe pas. T'es mignon, j'aime bien tes yeux, ils ressemblent à des chocolats, et j'aime bien quand tu souris, mais j'ai jamais jamais voulu qu'on sorte ensemble. Même l'autre fois quand je voulais que tu m'embrasses, je pensais pas à sortir avec toi, tu comprends, je pourrais jamais le dire aux autres, te vexe pas mais...*

Elle tournicote sa langue dans sa joue, ça lui dessine une boule, une bajoue de hamster, *je pourrais pas, tu comprends ? T'es pas un mec que les copines m'envieraient que je sorte avec, tu comprends ?*

Silence. *T'es vexé, Henri ?* Je lui offre mon plus beau sourire.

– Je peux te poser une autre question ?

– Mmm, mmm, répond Alice.

Alors je demande :

– Est-ce qu'il t'arrive de faire des devoirs de vacances ?

Elle fronce les sourcils, cherche le rapport avec la choucroute. Je tapote sa joue de hamster :

– Vous devriez vous y mettre, belle Astrée. Votre syntaxe est vraiment à chier.

Je pars, demi-tour sous le soleil, retrouver Dickens, ses orphelines au cœur tendre et à la grammaire sans faille.

*
* *

Le métro était là-bas. *Étienne-Marcel* m'avait indiqué le marchand de crêpes. À travers les flocons, les têtes orange des colonnes de Guimard se dressaient comme deux cobras à bosse. *À la tienne, Marcel,* gloussai-je pour moi-même. Un couple se retourna, je devais avoir l'air étrange.

Je me répétai *à la tienne Marcel,* comme une phrase fichtrement d'importance, j'avais des frissons sur tout le corps, à l'intérieur, partout, je toussais âpre et reniflais idiot, ma nuque ruisselait, je ne savais plus si j'avais chaud ou froid, ou les deux à la fois ; mais la neige me faisait du bien, le froid endormait mon nez coupé.

Juste avant de descendre les marches, je

me souvins : je n'avais pas de ticket. Je gloussai derechef, j'avais sûrement une tête de dingue. *Le temps est à personne, le métro à tout le monde,* qui m'avait dit cela ? Il n'y avait pas si longtemps. Ce soir. Une éternité.

Waldo. C'est Waldo qui l'avait dit. Quand il n'était encore pour moi qu'un alphabet en veste fluo. Je vais faire pareil que toi, Waldo. Je vais me déguiser en portillon de secours et passer à rebrousse-poil du monde. Je n'ai plus peur des frontières.

Mais à l'entrée du métro, la tête me tourna. L'escalier se mit à faire brusquement le gros dos et à rouler des épaules, à soulever ses marches comme des vertèbres de bête qui s'éveille. Je me retins à la rampe. Pardon, pardon de te laisser tomber, Waldo. J'ai un long voyage, je vais à Rome, et Rome c'est vachement loin.

Je me raccroche à la rampe comme à une bouée, et sur mes paupières closes, m'apparaît la bouille rousse de Mélo. *Si tu sais où est*

Waldo, tu dois l'avertir, tu dois vraiment l'avertir...

Je vais à Rome, Mélo! Bon sang! À Rome! C'est pour ça que j'ai quitté ma maison! Je re-glousse tout seul. Je suis réellement dingue.

Je veux pas être à sa place quand ils vont le retrouver.

C'est pas mes oignons, Mélo.

Deuzio t'as pas un rond. Des ronds pour quoi, Mélo?

Comme moi... De quoi tu vis, là-haut, dans ta cabane au milieu du ciel et de tes pigeons?

En vrai, je le sais. J'ai fait semblant de rien, mais je le sais très bien, et ça me donne envie de pleurer, ça me donne envie de mourir, et j'ai honte de mon boulevard Henri-IV, de ma poule au pot dix jours par semaine, de la villa à la mer, du pélargonium de papa, de mes genoux qui se touchent parce que je bouffe comme cinq quand d'autres n'ont qu'un plat unique, le désespoir.

Un homme en manteau de fourrure me bouscule, *pardon pardon,* sans un regard, marmonnant. Cela me réveille, j'ai vraiment très froid, mais ma tête revient à sa place.

Il faut prévenir Waldo. *Rue Marie-Stuart, reine d'Écosse, qui s'est fait zigouiller par celle d'Angleterre.* Je suis le seul qui sache. Ils vont peut-être tuer Waldo.

La douce voix de Monte Cristo, sa voix lisse comme un cutter, me susurre qu'il s'excuse beaucoup s'il vous plaît, mais que c'est la seule façon de parler qu'il connaisse, il n'a jamais su autrement. Il parle au monde en langage cutter car, avec ça, on vous écoute.

La neige tombe de plus en plus épaisse, les rues sont des déserts glaciaires. Angéla a une rue de reine, mon boulevard à moi a un nom de roi, ah ah ah... Numéro 85. Une petite porte vert anglais, ah ah ah, ajourée d'une rosace qui laisse entrevoir un hall obscur. *2, 3, imbéciles*... Six milliards d'imbéciles. *Cloc*, elle s'ouvre.

Il fallait faire vite, monter avertir Waldo et repartir, ne pas s'éterniser, j'allais à Rome, je sais, je me répète, mais Anna m'attend, Anna qui m'... Ma poitrine fit un bruit d'osselets et cracha une toux qui me déchira pendant une longue minute.

M'avait-on entendu?

Personne.

Près des boîtes à lettres, je lus une liste de noms et d'étages. Angéla Di Vita: cinquième gauche. Di Vita. *Chè vita* de chien que la tienne, Angela!

La cage d'escalier en colimaçon avait des murs en faux marbre, écaillés. Il y flottait une odeur de Malabar fraîchement mâché, étonnante, presque une odeur de récré. Je tambourinai au cinquième gauche, *Waldo, Waldo, ouvre! C'est moi!* bong! bong! *bon sang,* bong! bong! *tu ouvres oui?*

Une porte grinça dessous, au quatrième,

bientôt fini, ce potin ? Une tête apparut en contrebas de la rampe, *savez pas l'heure qu'il est ?* J'arrêtai de frapper, *excusez-moi*, la tête disparut, la porte se rabattit. Je collai mes lèvres au chambranle et chuchotai de toutes mes forces : *Waldo, ouvre...* La serrure, enfin, cliqueta. La figure noire de Waldo vint dans l'entrebâillement.

– Monte Cristo est après toi, dis-je en haletant. Je viens...

Un bruit de course pulvérisa ma phrase, trois hommes et un chien-loup déboulèrent du sixième et me jetèrent par terre. Pendant que je tombais j'entrevis Waldo, son regard de stupeur, de peur, et je sus que je n'aurais jamais dû le prévenir. Ma tête cogna un barreau et je plongeai dans le noir.

C'était la minuteric qui venait de s'éteindre. J'entendis des jurons, des coups, des cris, des aboiements, un pied m'écrabouilla le genou, une porte claqua, la rampe tremblait, le sol tremblait, la nuit entière tremblait, quelqu'un hurla *je vais appeler la police !* et je reconnus la voisine du dessous, et je me mis à tousser, et la lumière revint.

Il y avait deux individus avec Monte Cristo. L'un était le brun. L'autre était Mélo.

Ils avaient agrippé Waldo sous les bras et le traînaient à la renverse dans l'escalier, ses talons tressautaient sur les marches, il se débattait en silence, se tordait comme un fou, mais les autres ne lâchaient pas, ils descendaient à toute vitesse, alors je me suis relevé et j'ai couru derrière, j'avais mal au genou, mal à mes poumons, mal à ma tête ; quand je parvins au rez-de-chaussée, aux boîtes à lettres, ils sortaient.

Je bondis dans la rue pleine de flocons. Je les vis enfourner Waldo dans une voiture grise, ses pieds en premier. Je pris une respiration pour hurler : ce n'est pas ma faute, Waldo, je ne savais pas qu'ils étaient là. Au lieu de quoi, je me mis à tousser sans rien pouvoir articuler.

La voiture démarra dans un jet de neige crémeuse. La rue redevint désert blanc.

Je m'appuyai à la porte, incapable de penser à autre chose qu'à ceci : pourquoi Waldo avait-il gardé le silence ? Pourquoi n'avait-il pas crié, appelé à l'aide ?

On ferait mieux de partir, chuchota une voix à côté de moi. Une voix si proche que je sentais son haleine de Malabar fraîchement mâché. *Si jamais la vieille a vraiment appelé les flics…*

C'était Mélo.

Il avait toujours sa bouille rousse sympathique, sa voix fluette, son regard noir oubliettes. La différence était qu'il ne chantonnait plus.

– Qu'est-ce qu'ils vont lui faire ? murmurai-je.

Il balança la tête comme si une frange le gênait, *lui donner une baston*, pourtant il avait les cheveux à ras du crâne. *Tu sais, ce sera pas la première fois, et pas la dernière, dans le quartier ils sont comme ça,* et il ne cessait de rejeter sa frange invisible.

Ils vont le... ? J'avais du mal à le dire.

Le tuer ? Tu rigoles ! Cristo a trop besoin de récupérer son pognon, si Waldo meurt, plus de pognon. Il est pas idiot. Il est complètement à l'ouest mais pas idiot.

– À l'ouest? répétai-je. Ça veut dire quoi?

Dingo, quoi, cinglé, maboul, frappé.

J'ai levé les yeux vers Mélo. J'ai murmuré: *comment ils ont su que Waldo était chez Angéla?* et j'ai fixé la neige du trottoir.

Il fit claquer une bulle avec son chewing-gum. Une bulle rabougrie, pour me donner le change. J'ai continué: *C'est toi qui m'as dit de le prévenir, tu te rappelles, Mélo?*

Il fourra un poing dans sa poche, cracha en silence son Malabar dans la neige.

C'est toi qui m'as conseillé d'aller avertir Waldo. Pourquoi tu voulais tant que j'y aille? Je parlais de plus en plus bas. *C'était pour qu'ils me suivent, n'est-ce pas? Pour que je les conduise jusqu'à Waldo. C'est toi qui leur as dit de me suivre, peut-être même que tu y pensais déjà quand tu m'as proposé de monter chez toi pour me soigner…*

J'avais un nœud dans la voix, aucun rapport avec mon angine, c'était le froid horrible d'une tristesse horrible. *C'est toi, hein, Mélo ?*

Ce n'était pas une question.

– Ils l'auraient attrapé de toute façon. Si ç'avait pas été toi, ils auraient filé Angéla demain matin.

Il donna un coup de pied dans la neige. J'ai dit :

– On est déjà demain matin.

Puis :

– Ils t'ont payé pour ça ?

Il se planta devant moi. *Oh ça va*, grogna-t-il dans sa drôle de voix de fille. Il essayait de me regarder en face mais les flocons faisaient cligner ses paupières, *qu'est-ce que tu crois, toi ! Avec ton Lacoste et ta tronche de bien élevé ! Comment tu pourrais savoir ? Moi, j'en ai marre de faire nocturne ! Ce que je veux, c'est bosser tranquille, qu'on m'emmerde pas, et dans deux ans, fini ! J'aurai assez de fric pour me casser !*

Pour toujours ! Dans deux ans, je prends le bateau et ciao la compagnie !

Un passant passa, courbant l'échine, sans nous voir. *Tu comprends que je veux me sortir de là ? Tu comprends que c'est le seul moyen de rester vivant ? Tu comprends ?*

Pas grand-chose, Mélo, à vrai dire. Tout ce que je peux comprendre, c'est que t'es complètement à l'ouest toi aussi.

J'ai soupiré :

– Je vais à Rome. Faut pas que je rate le dernier métro.

Et pendant ce temps-là, Angéla était en train de danser dans sa boîte en verre. J'ai dit : *Mélo... Va le dire à Angéla, faut que tu lui expliques...* Je me sentais incapable de revoir Angéla. Totalement incapable. La seule chose que je pouvais, si je la revoyais, c'était éclater en sanglots.

Mélo ricana, en sourdine, *d'accord, je le dirai à Angéla.*

– Tu promets ?

Il souleva une épaule, *puisque je te le dis...*

Il se mit à fredonner *meet me in Saint-Louis-Louis, meet me at the fair,* redressa son col en marmonnant *bye bye birdie, et sans rancune...* Tourna ses talons dans la neige.

– Sans rancune, répétai-je.

Et j'ajoutai, doucement : *p'tit con.* Sans méchanceté, et vraiment sans rancune. Mais p'tit con quand même. Il pencha la tête, d'un dernier regard par l'épaule :

– Les pigeons ? crut-il répéter. Bien sûr, tu peux revenir les voir quand tu veux.

Je l'ai regardé partir, ombre rousse dans la nuit blanche.

L'instant d'après, un clignotement lumineux transperça le rideau de neige et vint éclabousser le coin de la rue. D'un bond, je me rencognai dans la porte cochère.

Peut-être la police. Peut-être pas.

Je ne réfléchis pas, je donnai une poussée brutale au battant qui s'ouvrit. Sans code. Et m'élançai ventre à terre à l'autre bout du hall.

Le clignotement se rapprocha, je le voyais à travers la rosace ajourée de la porte. Il stoppa exactement devant, dans une pétarade de moteur à deux roues. Ce n'était donc pas la police. Mais c'était quelqu'un. Et ce quelqu'un coupait le moteur, composait le code… et entrait dans l'immeuble.

Je me blottis dans le renfoncement sous l'escalier. La minuterie s'alluma, renvoya sur le carrelage une ombre compacte qui était en train de progresser vers ma cachette. Les pas avançaient, accompagnés d'un chuintement de pneus.

Un garde-boue de mobylette s'encadra dans mon champ de vision, puis deux jambes.

– Tiens, une souris ! Une grosse souris. Tu te caches ?

Je me dépliai, penaud. Le garçon se mit à rire, *tu vas pas me piquer ma mob, j'espère ? Je la mets justement là pour qu'on la pique pas. Tu te pousses, que je la range ?*

Je m'extirpai. Le garçon cala sa mobylette, laquelle portait une boîte métallique rouge avec l'inscription : « Pouce Pizza ».

– Sans rire, dit-il. Tu te planques ?

– Je me réchauffe.

– T'habites ici ?

– Non.

Il ôta son casque, secoua ses cheveux longs, l'air de ne pas bien comprendre.

– Qu'est-ce que tu fabriques là, alors ? T'habites où ?

Je baissai les yeux.

– À Rome.

Je souris modestement : *le métro Rome. Rue de Florence.*

Ce gros mensonge ! Le garçon m'examinait, semblait réfléchir profondément.

– À cette heure-ci, y a plus de métro.

J'ouvris un œil ahuri, *plus de métro ?* Atterré, *plus de métro ? Merde, c'est pas possible, ça fait des heures que j'essaie de... T'es vraiment sûr? Il n'y en a plus?*

Il sourit, navré, ses yeux noirs continuant de me balayer de haut en bas, comme s'il essayait de retenir les couleurs de mes vêtements. *Comment tu t'appelles?*

– Henri.

– Prends-toi un taxi, Henri. Moi c'est Djémel. Qu'est-ce que tu t'es fait au nez?

– Pourquoi? J'ai quelque chose?

Il n'insista pas. Mais m'examinait toujours.

– J'ai pas d'argent pour un taxi, dis-je.

Ou bien c'était un tic chez lui de scruter les gens comme ça, ou bien je lui semblais une bête curieuse.

– C'est normal qu'il n'y ait plus de boutons à ton polo?

Il sourit à mon silence.

– Bon. Je livre ma pizza et je reviens. C'est ma dernière. Après, je te ramène chez toi, t'es d'accord?

– Rue de Florence ?

– Rue de Florence.

– En mob ?

– En mob.

Ça, c'était vraiment sympa. Je lui rendis son sourire.

– Merci.

Il ouvrit la boîte rouge, en tira un carton plat qui puait l'anchois chaud, et monta les premières marches.

– Remercie pas, c'est sur mon chemin. J'habite à Anvers.

Anvers. Toutes les routes menaient donc à Rome, véritablement.

– Tu m'attends ?

– Oui, dis-je.

Il était brun de cheveux, de peau, et d'yeux. Après une mimique, il grimpa quatre à quatre. *Hé !* le rappelai-je à mi-voix, *tu ressembles à quelqu'un que je connais. Y a pas un Ahmed dans ta famille ?*

Je l'entendis sourire : *c'est pas ce qui manque !*

– Un jardinier, murmurai-je encore.

Mais il était déjà trop haut pour entendre.

*
* *

Notre jardinier était aussi celui de toutes les villas qui s'alignaient côté pair de l'allée des Frégates, du n°2 au n°14. Sept maisons, soit sept jardins, un pour chaque jour de la semaine, car Ahmed travaillait également le dimanche.

La première quinzaine des vacances, je crus sincèrement qu'il était muet.

La brosse noire qu'il portait en moustache et sa cicatrice à l'oreille, en particulier, me tarabustaient l'imagination. Je me le représentais en pirate barbaresque qui, lors d'une mutinerie, avait vu sa langue tranchée d'un coup de cimeterre de son capitaine. Ou bien en Touareg qui aurait fait vœu de silence au Prophète parce que après deux mois d'errance dans le désert, une source miraculeuse l'avait sauvé.

Oui, je pouvais imaginer cela sans effort.

Cependant, quand je l'apercevais, flanqué sur ses jambes maigres, ratissant les plates-bandes, sa blouse pendouillant des épaules comme d'un vieux cintre en fer, avec son râteau qui lui faisait une drôle de troisième jambe, je me demandais comment le pirate barbaresque ou le Touareg en liaison avec le Prophète avait atterri jardinier allée des Frégates.

Du reste, Ahmed n'était pas muet du tout. Je découvris qu'il parlait, pas exactement comme vous et moi, mais il parlait.

Il suffisait pour cela de lui adresser la parole.

C'était une fin d'après-midi, il avait plu toute la journée et le soleil, qu'on avait attendu des heures, pointait enfin le museau, juste avant son dodo, l'air de dire: «Ben quoi, on peut plus rigoler?»

Justement, ça rigolait. Là-bas, du côté de la villa voisine, la villa d'Alice. Je revenais du village et je vis Ludo, Marie, Clément, avec Alice, attroupés près du portail. Ahmed était avec eux. Il taillait la haie de buis.

– Salut ! me dit Alice.

Ce qui semblait être une invitation à les rejoindre. Je les rejoignis donc.

– On perfectionne l'accent d'Ahmed, expliqua Marie.

– « Branche », articulait justement Ludo, à l'intention d'Ahmed. Dites « branche de buis ».

– Bronche di bouis.

On éclata de rire. « Bran-che ! An ! An ! » brayait Ludo, et Ahmed secouait la tête, fataliste, *j'i pi pas, c'i trou doure...*

– Mais non, c'est pas trop dur. Dites « pomme »...

– Poum.

– Pomme.

– Poum.

Clément, Alice, Marie et Ludo hennirent de joie. *C'est sans espoir.* Quand ils se calmèrent, Alice demanda :

– C'est vrai que vous avez eu un accident de voiture cet hiver, Ahmed ?

Je le scrutai. Les pirates conduisaient donc des bagnoles ? Les Touaregs abandonnaient le chameau ?

– C'était quoi comme voiture ? dis-je.

Simplement pour dire.

– Ine çont sisse, dit Ahmed en sectionnant une tige de buis d'un coup de sécateur.

– Ine quoi ? fit Ludo. Une saucisse.

– Ine çont sisse. Ine Pigeot.

– Une 106 Peugeot, traduisit Marie avec sérieux.

– Il iti trou p'tite. Jouste di pourtes.

– Dix portes ? répéta Alice, la bouche candide. Mince alors !

– Ce devait être une super-bagnole, renchérit Clément. Dix portes !

– Nou, pas diss ! Di ! Di pourtes. C'iti ine pitite voitoure.

– Ah ! Deux ! Deux portes ! fit Marie comme si elle comprenait à l'instant.

– Trop petite, précisa encore Ludo, tout en fixant ses pieds.

Et il se pinçait les lèvres. Quant à Marie, on la vit plonger soudain vers le gazon pour renouer sa basket gauche. Je l'entendis glousser.

Ahmed aussi l'entendit et son regard flotta sur nous autres (mais nous demeurions aussi sérieux que des papes) avec un étonnement enfantin. Marie se redressa, elle se massait le nez comme si elle venait d'éternuer.

– C'est mon allergie, expliqua-t-elle. À cause des feuilles coupées.

– Ah oui, murmura Clément. Li fouilles coupies, c'i pas bien pour li poumons.

Pour le coup, Ludo devint carrément violet et partit comme une flèche à l'autre bout du jardin pour se tenir le ventre. Pas un instant Ahmed ne soupçonna que tous ces jeunes gens bien élevés étaient en train de rire de lui.

Alice se tourna vers moi, l'air tragique :

– C'est dans cet accident qu'Ahmed a tout perdu... N'est-ce pas, Ahmed ?

– Tout tout, opina Ahmed. J'i pirdou tout tout...

– Toutoutou ? répéta Marie dans un murmure.

Elle se mordit la joue pour ne pas éclater, des larmes de joie plein les yeux.

– Tout tout... Mi femme... Mi di filles... Ils ont brilé.

– Vous aviez dix filles ?

– Nou. Pas disse, di filles, rectifia patiemment le jardinier.

– Tu vas pas recommencer, chuchota Alice à Clément. Tu sais bien que « di » ça veut dire deux. Et alors, Ahmed ?

Il était patient, Ahmed. Il répéta. Que sa femme et ses filles avaient brûlé vives parce que la 106 n'avait que deux portes et qu'elles n'avaient pas pu sortir. Il répétait. Il avait tellement l'habitude qu'on ne le comprenne pas.

– Y z'ont brilé vivontes. Toutes li trois. C'i moi qui condouizi, j'i pas vi l'camionne. Y z'ont pas pu sourtir…

Nous gardâmes le silence, brutalement partagés entre le rire et l'horreur.

– C'est terrible, fit Marie.

Elle avait la voix hésitante.

– Moi, j'i souis risti sisse mois à l'ousbidal.

Le jardinier baissa le nez sur sa haie. Alors Clément se mit derrière lui pour ne pas être vu, il fit un clin d'œil aux filles et prononça doucement :

– C'i dour, ça ! Sisse mois à l'ousbidal, c'i tri dour.

Et les yeux des filles se remirent à briller, et Marie s'est tordu la bouche, et elle a dit dans un drôle de gargouillis : *je sens que je vais encore éternuer, t'as pas un mouchoir, Alice ?* et elle entraîna Alice par le bras, et elles rebroussèrent chemin vers la villa, vers Ludo qui s'y tordait toujours, et je voyais leurs dos qui sautaient de fou rire. Et Clément a dit : *au revoir, Ahmed.* Et il partit aussi.

Je suis resté seul avec le jardinier. Le jardinier qui avait perdu tout. Il hochait la tête, sa moustache de travers, et sa blouse paraissait plus que jamais mal pendue à un cintre en fer.

Je tirai un petit sachet de ma poche et l'ouvris.

– Dites... je voulais vous demander... Ça peut se planter, ça ?

Je lui montrai quatre petits noyaux bruns, dodus.

– C'est des nèfles, dis-je. Je ne sais pas comment on peut les faire pousser.

Sa moustache revint un peu en place. Sa paume osseuse recueillit les noyaux. Je remarquai que la peau de son poignet, sous la manche, brillait comme du papier glacé. Lui aussi, il avait été brûlé. Six mois d'ousbidal. D'hôpital.

Il fit un mouvement de menton et s'accroupit sur la plate-bande. Je l'imitai.

Il me montra qu'on devait piquer les noyaux de nèfle dans un certain sens, il m'expliqua qu'il ne fallait pas trop les arroser au début, sauf s'il y avait du soleil, il me dit aussi qu'ils ne donneraient pas de fruits, *on Fronce, y en n'a pas assez d'souleil*, mais qu'il y aurait quand même des feuilles, des vert foncé, pointues, avec du duvet dessus, comme du tissu, et que...

Je ne l'écoutais que d'une oreille. Je pensais aux copains qui avaient ri, à moi qui n'avais rien dit, je pensais qu'en effet il n'y avait pas assez de soleil. Nulle part. Ni en France, ni dans le cœur des hommes.

Je vis soudain le jardinier s'appuyer du poing sur le sol, puis plonger son autre main dans la terre. Quand il la retira, ses doigts étaient noirs, et serraient très fort une poignée de terre et de petites racines. Il resta un moment ainsi, immobile, sans rien dire, et je me tus avec lui. Puis, quelque chose tomba sur le dos de sa main, quelque chose qui fit une tache claire, ronde comme une pièce. C'était une larme.

« … une femme (…), qui avait attendu quinze ans cette heure, lança une bombe dans la voiture du prince. Les chevaux, le cocher, le vieil homme, qui respirait tranquillement ses roses, tout cela vola en éclats avec la meurtrière elle-même. »

Irène NÉMIROVSKI, *L'Affaire Courilof.*

La mobylette Pouce Pizza avait un feu défunt. Enfin, presque défunt : le phare avant se prenait, de temps à autre, pour un lampion de Noël (en tout cas il clignotait comme), c'est lui que j'avais confondu dans la rue tout à l'heure avec un gyrophare de police.

– T'as rien d'autre sur toi ? s'enquit Djémel en montrant mon polo. Un pull ? Quelque chose ?

– Si. Chez moi.

– *Zarma* ! Me dis pas que t'as mis que ça pour sortir ?

– Si.

– T'es malade !

– Je sais. 39°5, à vingt heures. Et ça grimpe encore.

Il zippa son blouson fourré, me détaillant à nouveau des pieds à la tête, ce même regard insistant.

– C'est un vrai ? demanda-t-il soudain.

Il pointait le doigt sur le crocodile brodé de mon polo.

– Si c'était un vrai, dis-je, il m'aurait déjà mangé.

– T'es un petit rigolo, toi.

On m'avait souvent trouvé rigolo ce soir. Mais mon sens de l'humour m'échappait.

Djémel enfourcha la bécane, *je sais reconnaître les vrais Lacoste, pendant deux ans, j'ai vendu des faux, alors...*

Je m'assis derrière lui. C'était chiche d'espace, rapport à la boîte Pouce Pizza dont le verrou me labourait le dos, et rapport à mon volume personnel. Je sus gré à Djémel de s'abstenir de toute parole désobligeante. *Où je mets mes pieds ?* demandai-je.

Où tu peux ! Il me lorgna par-dessous son coude, *tu t'accroches ? Fais gaffe à ton pantalon, y a du cambouis. Au fait, lui aussi c'est un vrai... ?*

Il appuya sur la pédale. Le moteur se mit à caqueter, le phare à refaire le lampion, probablement qu'avec toute cette neige, il se croyait réellement à Noël.

– Ton jean ? poursuivait Djémel, toujours dessous son coude, c'est un vrai 501 ? Un Levi's ?

– Si c'est écrit... On y va ?

Je m'agrippai et il démarra.

Si l'on m'avait dit que je pouvais avoir encore plus froid que tout ce que j'avais eu froid, cette nuit-là, je n'y aurais pas cru.

En vérité, ce voyage fut un enfer. Le vent de la mob m'enfournait des paquets de neige dans le nez, dans la bouche, sous les paupières. Mes oreilles pinçaient, le col de mon crocodile raidissait sur mon cou.

Comme je n'arrêtais pas de tousser, la mobylette semblait faire de grands sauts, en même temps que mon cœur. *Calmos !* lança la voix de Djémel au travers des rafales blanches ; son dos se découpait en brun dans les clins d'œil du phare, *calmos ou je vais perdre l'équilibre !*

Alors qu'on dépassait un carrefour, le boulevard bondit tout à coup dans le ciel, avec ses lumières, et se mit à tourner comme un grand manège... Si je ne suis pas tombé à la renverse, je le dus à la boîte Pouce Pizza. *Hé ho ! Qu'est-ce que tu fous ?!* hurla Djémel. Et la mob a freiné, et le boulevard est enfin redescendu sur terre, et les lumières, et Djémel s'est tourné vers moi, *qu'est-ce que t'as ? T'es pas bien ?* Et j'ai bredouillé *ça pourrait aller mieux,* et j'ai éclaté de rire, avant de m'évanouir.

Ça ne dura pas plus d'une ou deux secondes puisque, en revenant à moi, Djémel était dans la même position, dans la lumière qui lampionnait au milieu des flocons, et il me secouait. *C'est parce que j'ai la grippe*, m'excusai-je. Je m'entendis à peine.

Il passa son bras sous le mien, me souleva de la mobylette, *viens prendre un truc chaud, y a Luigi qui est pas loin. Allez zou, lève-toi...*

*
* *

Contre toute attente, Chez Luigi était un *fast-food* turco-tunisien, avec des pyramides de gâteaux ruisselants de sucre en vitrine, des brochettes crues et des frites en ébullition.

Djémel me percha sur un tabouret, devant une planchette qui faisait table haute, et partit au comptoir. Il revint avec un gobelet de thé et un gâteau orange vif, en forme de toile d'araignée, dégoulinant. *Mange*, dit-il, *c'est un zlabia, c'est du miel, ça donne de l'énergie*. Pour ne pas le vexer, j'ai grignoté, j'eus un hoquet de nausée, reposai la toile d'araignée orange ; mes doigts collaient.

En revanche, le thé brûlait délicieusement. *Mange*, répétait Djémel, *tu as besoin de forces.*

– Il faut que je m'en aille. Ma mère m'attend.

– T'en veux un autre?

Il montrait le gobelet vide. *Non, merci.*

– O.K., on part. Mais me refais pas le coup de «j'tombe dans les vaps», hein? La mob est pas à moi, et j'ai pas envie de mourir.

– Moi non plus, dis-je.

Et je me mis à tousser dans ma serviette en papier. J'ai senti que je crachais quelque chose de mou et de rouge, j'ai vite froissé la serviette sans regarder et, une fois dehors, la jetai dans le caniveau.

On est où? demandai-je tandis que Djémel enfilait son casque. *Boulevard de Clichy, on n'est plus très loin de chez toi.* Il réenfourcha la mob, *tu t'accroches?*

Plus très loin de chez moi. J'ai fermé les yeux, le front sur son dos en blouson et je me suis laissé emmener. Plus très loin de chez moi. J'avais à nouveau froid, mais un feu s'était mis à flamber en moi, plus violent qu'avec le gin d'Ibiza, *je n'étais plus très loin de chez moi...*

*
* *

– C'est par là ?

C'était une rue normale, un trottoir sur chaque côté, des voitures garées, encalottées de neige, des réverbères, des portes cochères. Bref, n'importe quelle rue d'hiver.

À quoi m'attendais-je ? À des cyprès, rue de Florence ? À un trottoir roulant ? À des terre-pleins avec jets d'eau ? À une rue où il aurait fait jour en pleine nuit ? À quoi m'attendais-je ?

À moins de banalité pour une rue qui abritait la maison d'Anna L.

J'essayai de lire les numéros qui filaient par-dessus nos têtes, derrière les flocons, 76... 78...

À hauteur du 102, j'ai crié : *tu peux*

m'arrêter! Et Djémel ralentit, stoppa, un pied par terre, *c'est là?*

J'ai opiné avec toute la conviction dont j'étais capable.

– C'est rupin... Ça ressemble à chez les Romains ou chez les Grecs.

Je voyais ce qu'il voulait dire. Entre certains immeubles, il y avait des genres de portails de jardin, des battants interdits de stationner où l'on devinait des cours cachées, des coins de toits carrés, blancs, bordés de mini-balustrades à mini-colonnes.

– T'es à quel numéro?

J'hésitai un moment avant de répondre: *au 108bis.*

Ce qui m'ennuya, c'est que Djémel voulut m'accompagner. Je songeai subitement qu'il y avait sûrement un code, et que celui-là avait peu de chance d'être *2, 3 imbéciles* mais que moi j'aurais l'air d'un parfait si ça n'ouvrait pas. Mais j'eus une surprise.

Le 108bis était un passage entre deux

immeubles, à peine plus large qu'une voiture, les pavés sortaient de la neige, avec du lierre sans feuilles aux murs, et un palmier si nain qu'il avait une mine de gros ananas sec.

Au fond, le perron d'un petit immeuble à un étage : le 108 bis.

Je fus incroyablement heureux. Parce que je pouvais donner le change à mon conducteur de mob, surtout parce que la maison d'Anna L. était moins banale que sa rue.

– C'est celle-là ? s'enquit Djémel.

Je hochai la tête avec vigueur, *oui c'est ma maison*. À l'entrée de l'impasse, je tendis la main, *merci Djémel. Sans toi...*

Ma main resta en suspens, il ne la prenait pas. *Vachement rupin*, répéta-t-il, et l'intonation de sa voix me fit subitement lever les yeux.

Il me dévisageait, comme il n'avait cessé de me dévisager depuis notre rencontre. *Bon, écoute*, dit-il, *t'as que vingt mètres à faire, ce sera rien*. Je vis son regard aller et revenir, comme Waldo sur le Sébastopol, devant, derrière, autour de nous. *Ce sera rien du tout.* Il me poussa rudement à l'intérieur de l'impasse. *En courant vite, t'auras pas froid.* Il parlait à voix basse, rapide, hachée, et je le fixais sans comprendre.

– File-moi ton crocodile, vite...

J'étais complètement ahuri.

– File-moi ton crocodile ! dit-il plus fort et pourtant toujours à voix basse.

Il tira le bas du polo hors de mon pantalon, ses doigts étaient durs, ses gestes fébriles, *t'es sympa, tu me donnes tes fringues, tu cries pas, tu laisses courir, d'accord ?*

Je me suis retrouvé torse nu. *Et ton 501, donne-le aussi, grouille !* Il a tiré ma ceinture, ses yeux fouillant à gauche, à droite, à toute allure, *tu te grouilles, merde ? Ou je vais devenir méchant...*

J'ai ôté mon jean qu'il jeta en travers de son bras où il y avait déjà le polo, *tu m'excuses, vieux, j'ai un petit frère à saper, il a juste ta taille.*

J'étais en slip et chaussures. Il regarda brièvement mes pieds, *tu peux les garder, trop p'tites, mon frangin a des péniches. Tu m'excuses, vieux ? Ça gagne des clous dans la pizza...* J'étais en slip et chaussures sur la neige des pavés.

Même pas froid. Je veux dire, pas plus qu'avant, quand j'étais habillé.

Brusquement, j'ai attrapé Djémel par la manche, *attends ! s'il te plaît... Ma photo ! J'ai une photo dans le pantalon !* Je m'agrippai, désespéré. *Garde le pantalon mais rends-moi la photo !* Il a vérifié la rue ; personne, que la neige. *Quelle photo ?* Il fouilla le pantalon, tira le papier noir et blanc, le regarda, siffla *dis donc t'as pas l'air comme ça mais...*

– C'est ma mère ! dis-je. Et je lui arrachai la photo d'Anna.

Il a haussé les sourcils trois fois, comme s'il ne me croyait pas, *mes hommages madame !* dit-il. Puis il fila comme une flèche vers la mob.

Le moteur a ricané, le phare m'a lancé un clin d'œil. Djémel a soulevé le couvercle de la boîte Pouce Pizza, en a tiré un carton plat qu'il m'a tendu, et comme je ne bougeais pas, il l'a jeté par terre sur la neige, *tiens, c'est une pizza ! Le patron nous les donne quand il en reste, mange-la avec ta mère.* Et il démarra dans ses clignotements de phare, dans sa fumée d'échappement, *dépêche-toi de rentrer, tu vas attraper la mort !* et la mob disparut dans les flocons, *tu m'excuses, vieux ?...*

TROIS !

J'écoute le moteur, pendant longtemps il me semble. Puis le silence. Quand je commence à remuer, j'ai l'impression d'avoir un corps en verre, qu'il va casser en mille morceaux comme un miroir, et je me mets à marcher lentement, délicatement, parce que je ne veux pas qu'il casse. Je suis en slip et en chaussures au fond de la nuit d'hiver.

Il y a quatre marches au perron, je les monte une par une, je vais me casser, sûrement, sûrement je vais me casser, mais non, à la dernière marche je suis toujours entier, et j'ai la photo dans mon poing, je vois un interphone lumineux, avec deux boutons et deux noms. Premier étage : M. et Mme René Dumont. Rez-de-chaussée : Anna Lualdi.

Et des aiguilles de glace tombent soudain du ciel sur mes épaules nues, la neige que je ne sentais plus, je la sens, elle me perce, m'enfonce ses pointes dans la peau comme des tire-bouchons, jusqu'aux os.

J'appuie sur Anna L. La photo sur ma poitrine. Le bouton au bout de mon doigt. J'appuie. Le silence me répond, le silence de la neige, ses froissements, ses gouttes au bord des toits. J'appuie encore, et encore, mes doigts de gel fonctionnent ralenti, ils n'en peuvent plus, alors j'écrase le bouton avec mon menton.

Anna L. ne répond pas. Elle n'est pas là.

Le froid m'engourdit, le froid m'étourdit, je glisse des quatre marches au bas du perron, j'ai de la neige dans le dos, dans les fesses, sur les jambes, il y en a aussi sur la photo, je veux rester, là, étendu dans la neige, là, et dormir.

Je me relève, si lentement, si lentement, si lentement ; je songe aux gros phoques sur la banquise, sans bras, sans jambes, leur peau qui glisse, leur graisse lourde, je suis un gros phoque sur la banquise.

On n'entend rien. J'ai vraiment peur de me casser, de voler en éclats, alors je n'avance que d'un pas, et d'un pas, et d'un pas…

Ma tête heurte du bois creux, une porte. Il y a un trou en cœur au milieu, et c'est ouvert.

Il fait noir, et la neige ne tombe pas, et s'il y fait moins froid, ça ne se sent pas, simplement la neige n'y tombe pas, il y a un toit. Et aussi des boîtes en plastique. Quand je touche le plastique, ma peau se chauffe.

L'odeur ne m'arrive que longtemps après, mon nez fonctionne ralenti aussi. Tant mieux, car ce sont les poubelles, je suis dans un cagibi à poubelles avec un trou en cœur dans la porte. J'ai sommeil.

Mon pied froisse un truc souple, qui bruisse, un truc long, qui se déroule, avec des anneaux à un bord. Je vais y dormir, je crois que c'est un rideau de douche, je vais dormir là-dedans, je m'enroule, c'est déchiré, mais j'ai tellement sommeil, je me mets en boule, comme dans une couverture, juste mes chaussures qui dépassent, je vais attendre Anna L., mais je vais dormir d'abord, m'endormir en regardant, là-haut, le trou en cœur dans la porte.

« – Dis donc vieux… J'ai envie de foutre le camp. J'ai envie de disparaître dans un trou…
– Et ça t'avancerait à quoi ?
– Ça m'avancerait à ne plus rien voir, à ne plus chercher… »

Jean Renoir
dans *La Règle du jeu* de Jean RENOIR

La voix de Juju m'a arraché du froid, *qu'é tu fais là-n'dans, Henri ? Qu'é tu fais dans les poubelles ?* J'en sais rien Juju, je voulais juste prendre le métro, juste me déplacer d'un point à un autre, et voilà… Marrant, non ?

Juju me fixe, grave, *tu voulais partir, Henri ? Tu voulais me laisser ? C'est à cause de la purée, que je voulais pas la manger ? Tu sais que j'aime pas la purée…*

Je sais, Juju, que tu n'aimes pas la purée. Je sais que tu as sept ans, que t'es grand. Mais ce n'est pas pour ça que je suis parti. C'est parce que tu as les cheveux blonds et que mes cheveux sont noirs, tu vois? Les tiens, doux, fins, on veut en prendre une poignée, on en attrape une pincée. Les miens, on n'en veut qu'une pincée, il en arrive une poignée. Tu vois?

C'est pour ça que tu me laisses?

Pour ça... et d'autres choses. Tu ne peux pas comprendre, Juju. *Est-ce que tu vas mourir, Henri?* Pas si je peux m'en empêcher, mon Juju.

Maintenant, va-t'en. Il y a Anna que je dois voir. J'ai trouvé sa photo dans la veste de papa. Tu ne peux pas comprendre. T'es grand pour la purée, mais t'es petit pour le monde.

Moi aussi, je suis petit pour le monde.

Je crois que tu vas mourir et que tu ne veux pas me le dire.

Non, Juju, mais non, je t'assure.

Alors qu'é tu fais là, Henri? Qu'é tu fais dans les poubelles?

Oui, qu'est-ce que je fous ? Qu'est-ce que je fous dans ce cagibi ?

Je m'éveille en sursaut, tremblant, glacé dans la toile de douche. Pourquoi m'as-tu réveillé, p'tit frère ?

Il n'y est pour rien, il n'est pas là, Juju. Il ronflète, douillet, sous sa couette, boulevard Henri-IV. Ce n'est pas lui qui m'a réveillé. C'est un moteur dehors. 108 bis, rue de Florence.

Par le trou en cœur, il ne neige plus. Une étoile, même, y brille tel un éclat de miroir.

Une voiture est en train d'arriver dans l'impasse. Elle roule, s'arrête non loin de mon cagibi. Des phares jettent un faisceau blanc par le trou en cœur, une portière claque, j'entends des pas pointus sur les pavés en neige.

Je me redresse. J'essaie du moins. Ce n'est pas facile, il me semble que mes jambes ne sont plus là, emportées par le froid. Si je les regarde, je suis sûr qu'elles auront disparu.

Et pourtant je me lève. Malgré mes jambes pas là. Le rideau de douche grince autour de moi, je me retiens à la cloison et je mets mon œil contre le cœur dans la porte.

Une dame est là, dehors. Elle porte un manteau de fourrure qui cache une robe longue. Elle dit *brrr, range vite la voiture ! C'est toi qui as les clefs du garage ?*

Et la voix d'un monsieur répond – je ne le vois pas, il est dans la voiture – *c'est moi, oui.*

Et la dame dit *je vais faire un café, ça nous réchauffera.* Et elle coulisse le rideau de fer d'un box à voiture, en face.

Merci, non, ça m'empêcherait de dormir,

répond le monsieur par la portière. Il manœuvre compliqué pour engager la voiture vers le box. Et il rate. Et il dit *zut,* et il recommence, *tu m'aides, s'il te plaît ?*

– J'ai trop mangé, murmure la dame en fourrure, comme si ç'avait un rapport avec garer la voiture. Elle s'appuie sur le côté du mur pour diriger la manœuvre. Elle allume le box. Et j'aperçois sa figure. C'est Anna.

Elle est comme la photo, un peu moins jeune peut-être, ses yeux sont vides et ses sourcils noirs, ses cheveux épais... Anna Lualdi.

Je la regarde.

Mais mon cœur est froid. Ou disparu. Comme mes pieds.

Je sais qui tu es, Anna. Je suis venu te dire que je le sais.

– Je mange trop en ce moment, poursuit-elle tandis que la voiture opère un recul dans l'impasse. L'autre soir, j'étais chez Marie-Ange. Tu la connais, Marie-Ange...

Non, Anna. Je ne connais pas Marie-Ange. Je ne te connais même pas, toi.

Ça oui, je la connais ! pouffe l'homme derrière son volant, *j'ai de la place à gauche ?*

Anna dit oui de la tête, *oui tu peux aller à gauche*. Elle fait cliqueter ses longues boucles d'oreilles. *Donc l'autre soir, chez Marie-Ange, on n'a pas arrêté de bouffer. Mais de bouffer !... C'est son côté pied-noir... Vas-y, attention aux pare-chocs. Elle nous avait fait des trucs, tu sais, genre feuilletés...*

– Des bricks ? demande l'homme, avançant une roue prudente vers le box.

Non pas des bricks, un truc avec des anchois...

– Ouais, des bricks... Je touche le pare-chocs, là ?

Non, tu ne le touches pas. Et, non, ce n'était pas des bricks. Bref... On en a avalé au moins douze chacun... Et après, elle nous amène un chili con carne, une marmite à ras bord, on aurait dit du truc pour chat... J'en ai repris deux fois... Et après, salade, et fromage, et tout l'autobus... Et au dessert tu sais ce qu'il y avait ?... Recule ! Tu vas emboutir l'aile... Un puits d'amour. Plein, mais archi-plein-plein, de crème au beurre... J'en pouvais plus, je lui ai dit « j'en peux plus Marie-Ange »...

– Tu peux te pousser ? Ou je vais te rouler sur le pied.

Anna en fourrure se pousse. J'ai l'œil sur le cœur troué dans la porte... *Et Marie-Ange, à la fin, qui nous demande : « est-ce que c'était équilibré ? »... C'est une rigolote, Marie-Ange, quand elle s'y met. Alors je lui ai dit : « Ben, y avait de tout au moins ! »...*

L'homme s'esclaffe. Pour la chute de l'histoire, mais surtout parce que la voiture est enfin carrée dans son box.

Ils referment tout, passent près de moi, près du trou en cœur, dans un parfum de pure laine vierge et de fourrure mouillées. Anna Lualdi agrippe le bras du monsieur. *Écoute... Tu n'as pas entendu un bruit ?*

– Où ?

– Dans le cagibi.

– Probablement un rat. Ils ont froid comme tout le monde. Ils cabriolent pour se réchauffer.

Et tous deux s'éloignent vers le perron de neige. Je vois la main d'Anna libérer discrètement son manteau qui a boudiné dans le creux de ses cuisses. Le monsieur ouvre la porte en riant *ah ! ah ! ah !* Pas à cause du manteau dans les cuisses, mais parce qu'Anna est en train de lui dire que Marie-Ange est complètement…

Je n'entends pas complètement quoi : ils ont refermé la porte. Et juste comme ils sont entrés, une violente toux me jette à la renverse, comme si un monstre essayait de me sortir du ventre, il me tord le cou, m'étouffe de ses dix poings, et je veux qu'il sorte, oh qu'il sorte !

Un liquide chaud descend de mes lèvres, en flot, le monstre sort enfin, et alors je respire, c'est dégueulasse ce liquide, j'en ai sur le bras, c'est sombre, c'est noir.

C'est du sang.

Je m'évanouis.

Il a raison, Juju. Qu'est-ce que je fous là ?

Et qu'est-ce que je vais faire maintenant ? Aller nu, en slip et rideau de douche, me présenter à Anna en fourrure, lui dire que je suis peut-être son fils ?

Son fils peut-être.

Non.

Cette femme en fourrure qui parle de feuilletés, de chili con carne, de crème au beurre, cette femme dont le manteau boudine entre les cuisses, ce n'est pas Anna. Pas mon Anna. C'est une photo. Une idiotie de photo.

Mais de l'avoir vue vient de changer quelque chose. De l'avoir vue, ou bien, bêtement, d'avoir toussé... En tout cas, un quelque chose qui a son importance lorsqu'on est à poil dans un cagibi par une nuit d'hiver: je suis en train d'avoir chaud.

Vraiment très chaud.

Une chaleur de coin du feu, douce, insidieuse, qui monte lentement dans mes membres, qui me pénètre chaque millimètre de peau, et qui rematérialise mes jambes, je les sens, je les entends qui me reviennent, qui se raccrochent à mes hanches. Je sens même mon orteil vide. Il est là, oui, il est revenu lui aussi.

J'ai chaud, je ne sens plus l'hiver, ni la nuit, ni la neige. Même l'étoile, par le trou en cœur, a les rayons d'un soleil.

Une chaleur qui me pousse à sortir, à tirer la porte. Je tire la porte.

Dehors.

La neige est fraîche comme un sable frais, me donne envie de m'étendre.

Je m'étends, et je me dé-saucissonne de cette toile de douche ridicule, j'ai chaud. Je suis en slip et en chaussures mais j'ai chaud, je suis allongé dans la neige mais j'ai chaud. Je ferme les yeux.

Et voilà Juju qui revient. Il me contemple, son petit air désolé, celui qu'il a (ou qu'il prend) lorsqu'il a à se faire pardonner, il me chuchote qu'il mangera désormais sa purée sans crier, *promis Henri, sans crier!* hurle-t-il. Et je souris, *t'inquiète, moi non plus, quand j'étais petit, j'aimais pas la purée, tu veux l'histoire de Sigismond, le petit pachyderme qui partit voir le monde dans son auto rouge?*

Non, ce soir, je préfère la Petite Marchande d'allumettes.

Mais tu vas pleurer, p'tit frère, c'est une histoire triste, très triste. Tu jures que tu ne pleureras pas? Tu jures?...

J'embrasse la joue de P'tit frère, douce, courbe, avec une odeur de lait, comme celle d'Alice, cet été...

Alice, la voilà elle aussi, qui se penche, me murmure qu'elle s'excuse mais que j'ai vraiment de beaux yeux, des yeux noir chocolat comme ceux d'Angéla et ceux d'Anna, noir oubliettes comme ceux de Mélo, et je me demande comment Alice peut connaître tous ces gens-là... *D'où tu les connais, Alice?* je demande.

Et elle se redresse pour dire quelque chose à l'oreille de papa qui se tient debout auprès de Madame Cauwenberghe. Ils se penchent tous sur moi, tous des sourires, et papa me caresse le front, *tu vas rater le train, fiston, dépêche-toi, il n'y en a qu'un, le dimanche...* C'est vrai, bon sang, c'est dimanche! Je vais manquer le train, c'est quasi certain! Tout va toujours de travers le dimanche...

Et le train entre en gare, j'ignore sa destination, mais je me dépêche.

Papa, Madame Cauwenberghe, Anna, Alice, Angéla, Waldo, Mélo, Juju, Ahmed, Ibiza, Djémel... Ils sont en ligne sur le quai, à agiter leurs mouchoirs, des mouchoirs rouges, sous les pigeons qui s'envolent, et je m'exclame : *Papa ! J'ai oublié de te demander… Tu me donnes la photo ? Celle que j'ai trouvée dans ton veston ? Tu peux me la donner ?…*

Le train se met à rouler, sans bruit, les roues comme des flotteurs…

Oui, oui ! me crie papa en secouant son mouchoir ! *Je te la donne, elle est à toi maintenant !*

À moi ! Merci, papa. Le train s'éloigne et je serre la photo. On ne voit plus très bien ce qu'elle représente, un visage flou, mais elle est à moi ! C'est ma photo…

C'est ma phot… Ma phot…

Ma phot…

À 6 h 10, il faisait encore nuit, une camionnette verte de la Ville de Paris passa rue de Florence, comme dans la plupart des rues de la ville, pour arroser de sel la neige des trottoirs. Il y avait trois employés. Miguel conduisait, François saupoudrait le sel, Ablaï entassait, avec un balai, la neige par petites congères le long des caniveaux.

Le 128 bis n'étant qu'un simple passage, la camionnette n'y passa pas et c'est au hasard d'un coup de balai qu'Ablaï aperçut la chose.

Au milieu de l'impasse, quelqu'un avait laissé tomber une boîte plate et, un petit peu plus loin, une espèce de toile cirée, avec de gros canards en motif qui formaient d'insolites taches sur le sol immaculé. Et puis (Ablaï plissait les yeux pour mieux voir), autre chose encore plus insolite... deux chaussures dépassaient de dessous les canards.

– Ho! fit Ablaï en direction du chauffeur qui freina.

La boîte contenait une pizza non entamée et complètement gelée. Quant à la toile cirée, il s'agissait d'un rideau de douche.

Ablaï le souleva et découvrit le corps d'un jeune garçon en slip et en chaussures.

*
* *

À 7h05, le même matin, un policier sonna chez Madame et Monsieur Cauwenberghe, boulevard Henri-IV.

C'était un policier frigorifié, il avait été de permanence toute la nuit et n'avait qu'une envie: rentrer chez lui, ôter ses bottillons, se mettre au lit et dormir. On l'avait envoyé là parce qu'il demeurait rue de Lyon, donc pas loin du boulevard Henri-IV, et que ça évitait la corvée à Guitari, le collègue qui avait pris sa relève.

Un homme en robe de chambre vint lui ouvrir. Le policier lui trouva un regard adolescent. L'homme devait pourtant avoir une quarantaine d'années.

– Monsieur Cauwenberghe ? demanda-t-il en touchant le coin de sa casquette.

Et il ajouta : *police*. En montrant sa carte, bien que l'uniforme rendît la présentation inutile.

– Oui ?

Monsieur Cauwenberghe avait l'air vaguement inquiet. Les gens ont souvent l'air inquiet face à la maréchaussée, le policier en avait l'habitude. Il se dit que cet homme en robe de chambre avait peut-être de bonnes raisons.

– Y a-t-il un jeune garçon de treize, quatorze ans parmi les membres de votre famille ?

– Oui, dit Monsieur Cauwenberghe

après une hésitation. Il a fait quelque chose ?

C'est toujours la première question qu'on pose. Le policier soupira en songeant à ce qu'il était venu annoncer.

– S'agit-il de votre fils ?

– Oui.

Une femme apparut, en robe de chambre elle aussi, belle, très blonde quoique ce ne fût probablement pas la blondeur que lui avait donnée la nature.

– C'est pour Henri, l'informa son mari.

– Seigneur ! Il a fait quelque chose ?

Le policier secoua la tête, fourra une main dans son pardessus d'uniforme. Le plus dur arrivait. Il se réconforta en pensant qu'après il partirait se coucher. Lucie lui aurait préparé sa bouillotte. Lucie était son épouse.

– Nous avons trouvé ce matin, dans la rue, un garçon de l'âge de votre fils. Son nom est Henri Cauwenberghe (il toussota) : il est mort.

Il tombait inévitablement un silence à

l'annonce de ce genre de chose. C'était très pénible. En général, le policier trouvait l'échappatoire en toussotant deux ou trois fois.

Il toussota donc. Deux ou trois fois. En relevant les yeux, il eut la surprise de voir la dame lui adresser un sourire lumineux.

– C'est une erreur. Notre Henri n'a pas quitté la maison depuis deux jours, il en est incapable, il est cloué au lit avec une grosse angine.

– En êtes-vous sûre ? Je veux dire... sûre qu'il n'est pas sorti ?

Monsieur Cauwenberghe se mettait à sourire lui aussi. Et le policier se dit que, ouf, s'il s'agissait d'un Henri homonyme, l'affaire était réglée, la suite du travail irait aux collègues. Il pouvait rentrer chez lui, enlever ses bottillons, se mettre au lit et...

– Je vais le réveiller, dit Madame Cauwenberghe. Vous allez voir.

Il n'y eut rien à voir. Ni personne.

Madame Cauwenberghe revint deux minutes plus tard, la face décomposée, balbutiant *Seigneur, il n'est pas dans sa chambre...*

On ne le trouva pas non plus dans la chambre du petit Julien, ni dans le salon, ni dans la salle de bains, ni dans les W.C., Henri Cauwenberghe n'était nulle part.

La jeune fille au pair, qu'on alla réveiller dans sa petite chambre du sixième, fut incapable d'expliquer quoi que ce soit. Henri? Non non, elle ne l'avait pas vu sortir hier soir. Pourquoi sorti? Il était malade...

Le policier expliqua qu'on avait identifié le corps grâce aux nom et prénom brodés à l'intérieur du slip. Monsieur Cauwenberghe, hébété, murmura qu'en effet Henri était allé en classe de ski, au printemps, avec son collège, qu'on avait dû faire marquer ses vêtements, c'était le règlement.

Le policier sortit une photo froissée de sa poche, disant qu'on l'avait aussi trouvée sur le garçon, serrée dans son poing. Il toussota, demanda s'ils connaissaient la personne qui était dessus.

La photo représentait une femme brune, assise dans un fauteuil, ses yeux noirs étaient vides, ses genoux ouverts. Il y avait une dédicace au feutre : « POUR JEAN. ANNA QUI T'AIME. »

Lorsque Monsieur Cauwenberghe saisit la photo pour la regarder, son regard prit une fixité mortelle, les traits de son visage tombèrent à la façon d'un masque, sa gorge émit un bruit étrange. Il articula dans un murmure : *« C'est... la mère de mon fils, ma première femme, comment l'a-t-il su ? Je... je ne lui ai jamais dit... »*

Il s'appuya ensuite sur la table et pleura.